# サポートスキル『増強』を悪用して成り上がり復讐ライフ！

赤川ミカミ
illust：218

KiNG novels

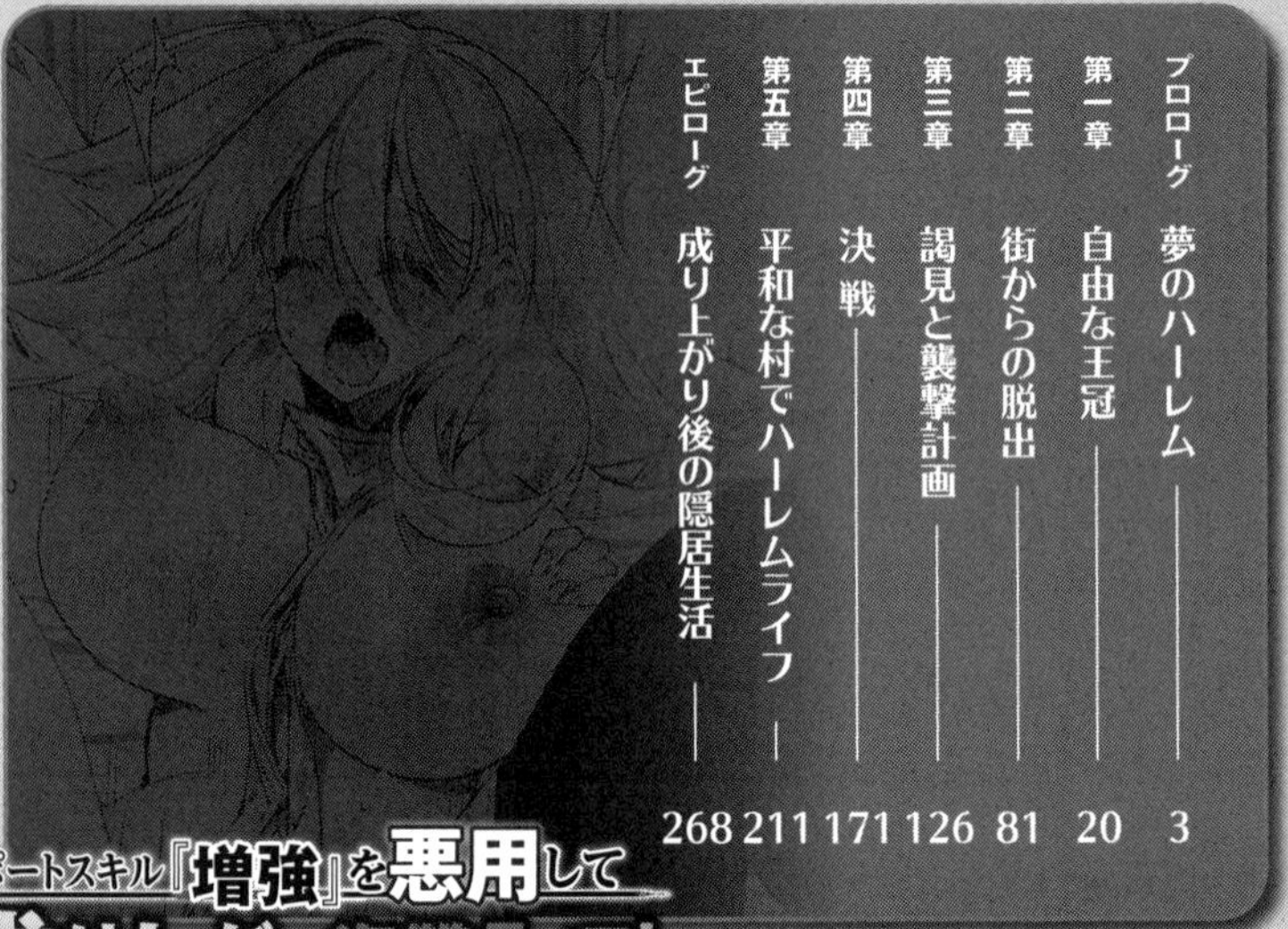



サポートスキル『増強』を悪用して
成り上がり復讐ライフ!

contents

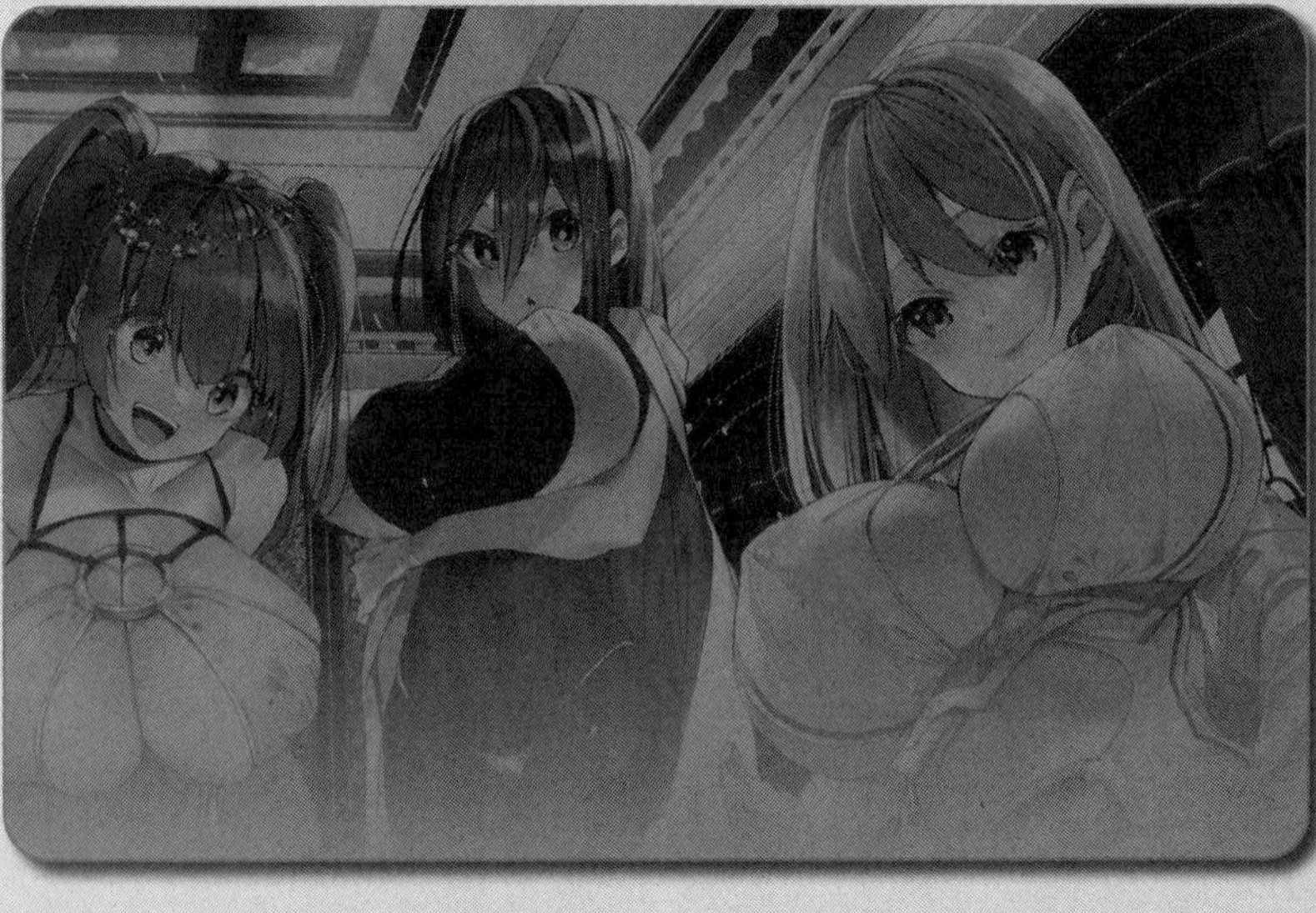

# プロローグ　夢のハーレム

大きな街の中にある、一棟のアパートメント。

それなりにいい条件の物件なのだが、どれだけ豪華であっても、貴族たちからすれば集合住宅は所詮、集合住宅だ。金持ちは、絶対に住まない。

そんな価値観のこの国において、ここで暮らす俺は、しがない庶民でしかなかった。

それでも、ひとり暮らしをするには広すぎるくらいの部屋であり、手入れのされたエントランスや階段も気に入っている。

経済的にはそれなりに得ているものの、大きな邸宅を構えるほどではない住人たち。

ここで暮らしているのは大商人の元でよい待遇で得て働く者や、一流とまではいかないが、一目置かれているような冒険者たちだ。

俺自身も、表向きの職業は冒険者ということになる。

街にいるときはこの部屋を使っているが、長いこと留守にすることもそれなりにあった。

かつて俺の故郷の村は、貴族に焼かれてしまった。俺は燃え跡となった村を離れ、復讐を誓って生きている。だから、冒険者というのは表向きの仕事。

俺の本当の役割は、改革派組織「フレイタージュ」の、戦闘部門幹部だ。

生まれ持ったスキルは【増強】という、集団サポート向きの能力だった。自身が先陣を切るのではなく、後衛からのサポート要員ということになる。

しかし故郷を滅ぼされ、復讐を誓ってから——その決意によって俺のスキルは大きく変化した。どんどん強化されていき、今では邪道な使い方をすることで、本来の枠を超えている。サポートだけでなく、自身の力さえも【増強】することが出来るようになっていた。

本来は味方の身体能力を強化する【増強】だが、相手の不安や恐怖心に適用していくことで、デバフとしても使用できるようになっている。

俺は味方へのバフと敵へのデバフを行い、そして自身でもエース級の身体能力を得ることによって活躍し、組織の中での存在感を増していった。

一時期は復讐心にとりつかれ、貴族に加担する者への苛烈な攻撃も加えていた。

だが、それだけでは何も変わらなかった。だから、自分なりに考えた。

多少の冷静さを手に入れたことで、ただのサポート型の騎士だった俺は、改革派組織の中枢にまで食い込むことができている。

先日もフレイタージュを支援している、改革派貴族の中心人物——ロケーラ伯爵直々の指名で彼と顔を合わせ、迫る最大の作戦について、激励をもらったところだ。

本来なら出会うことのない上位の貴族と、顔を合わせるまでになった。そのことに感動もあるが、故郷で平和に暮らせていれば、そんな必要もなかったのだ。嬉しさよりも、まだ怒りが大きい。

だが、ここまで来たことに後悔はない。改革派組織フレイタージュで責任ある地位を得た俺は、来るべき作戦に備えて、準備を整えつつあった。


古き血筋の貴族が、絶対の権力を持つ国家「ペッカートゥム」。

改革派組織は、ペッカートゥムの体勢側の貴族に対抗できると思えるほど、十分に大きくなった。

当然だが、組織では多くの出会いがあった。

俺は元々が小さな村の出身だ。人付き合いは苦手だが、仲間は多いほうが良い。

もちろん秘密の多い組織だし、全員と親しいというわけではないが、中には特別な関係も生まれていた。それは仲間として……だけではない。


夜になり。

俺の元には、三人の美女が訪れていた。

彼女たちは示し合わせて俺の元を訪れ、今日は四人で夜を過ごそうと誘ってきた。

こんな境遇なのに、美女たちに求められる贅沢な暮らしだと、自分でも思う。

長らく治安が良いとはいえないこの国では、戦乱の時代の頃の名残で、今でも一夫多妻が普通だった。だから美女たちも互いのことを知った上で、共有する形で俺を求めてくれる。

とはいえ、それは独占しないという話であって、夜は一対一というのが基本だが、今日は特別だ。

複数の美女が同時に求めてくるなんて、男冥利に尽きる話だった。

ふたりきりほど濃密な行為ではないにせよ、なんともロマンがある。

というわけで今夜は、彼女たちに言われるままベッドへと向かった。

「ふふっ、三人がかりだと、普段とは違うリュジオが見られるかも」

そう言って笑みを浮かべるのは、タルヒ。

ストレートの長い金髪で、穏やかな雰囲気の美女だ。

もちろん組織の全員が貴族への強い敵対心を抱いているわけではないが、タルヒはいつもおっとりしていて、およそ改革派組織にはふさわしくない性格だ。

しかし彼女は俺と幼なじみであり、同じく故郷の村を焼かれている。

そんな彼女がフレイタージュにいるのは、俺と一緒にいるためだ。

もし俺が復讐心に捕らわれず、別の村で静かに過ごしていたなら、彼女もそこにいただろう。

俺にとって――おそらくは彼女にとっても、幼いころからずっと一緒にいた、離れがたい存在であり、故郷の思い出を共有できる唯一の人間なのだ。

タルヒはあらゆる意味で、今も俺を支えてくれている。

そんな彼女の、時折見せるいたずらっぽい仕草もまた、俺の心をくすぐるのだった。

「早くも鼻の下が伸びてるみたいね。そんなことじゃ、私たちに好き放題されてしまうわよ？」

そう言って妖艶の微笑《ほほえ》むのは、アミスだ。

フレイタージュで出会った女医であり、レアな治療スキルを持っている。

つまりは、組織でも重要人物である。

クールな雰囲気で、やや遠巻きにされながらも、憧れる者が多い美女だ。

組織に来た直後の、まだ復讐で心がいっぱいだった俺に、冷静さを取り戻させてくれたのは彼女だった。

「それはそれで、悪くないな」

「ずいぶんと余裕ね？」

アミスは楽しそうに言って、こちらへと近寄ってくる。

そして俺の身体へと手を伸ばし、胸板のあたりをなで上げた。

大人の女性の、セクシーな手つきだ。

「そういう姿を見るのって、それだけでドキドキするね」

そう言ったのは、ツインテールの美少女ヴェーリエ。

フレイタージュに合流したのはまだ最近で、きっかけは偶然に近いものだった。

そんなヴェーリエは、元々教会に囲われていた、次代の聖女候補だ。

異常に勘に優れたところがあり、それが神秘的だということで聖女候補になっていた。

本人は聖女というより、好奇心旺盛で少し背伸びした女の子といった雰囲気だ。

幼い頃から長く教会に囲われていたため、外の世界が珍しいのだという。

主流貴族と癒着した教会のやり方には彼女も反感を抱いており、飛び出した後は、こちらに所属してくれている。

「ふふっ、さ、こっちへ」

アミスが一度身体を離すと、そのまま俺をベッドへと誘う。

そしてベッドに上がると、三人は同時に身を寄せてきた。

「いっぱい気持ちよくなって、癒やされてね♪」

「リュジオの精液、私たち三人で搾りとってあげる」

美女三人の柔らかな身体と、甘い匂い。

それに包み込まれていると、期待が膨らんでいく。

アミスが俺のズボンへと手をかけてくるのを感じていると、さらなる刺激がきた。

「えいっ」

ヴェーリエがズボン越しに、俺の股間へと触れてきた。

小柄な彼女の華奢な手が、きゅっとズボン越しのペニスをつかむ。

ヴェーリエの手は女性としても小さく、それがなんだか背徳的な気持ちよさを送り込んできた。

「もう、脱がしているところなのに、待ちきれないなんて」

アミスが困った風に言いながらも、それならばとズボンを脱がすのを諦めて、自身も俺の股間へと手を伸ばしてくる。

「ふふっ、リュジオ、ふたり一緒におちんちんをいじられるの、気持ちいい？」

後ろから抱きついてきたタルヒが、俺の耳元で囁《ささや》いた。

くすぐったいような吐息と、背中に押し当てられる柔らかな胸の感触。

そして股間のほうはズボン越しとはいえ、美女ふたりに刺激されている。

そんな状況で興奮しないはずもなく、俺のそこは、血が流れ込んで大きくなっていった。

「わっ、おちんちんが大きくなってきてる……ふふっ♥」

「本当、ズボンの中で窮屈そうね」

ふたりが肉竿をいじりながら笑い合う。

女性のされるがままになるというのも、なかなかにいいものだ。一対一では味わえない。

「それじゃ、今度こそ、その窮屈そうなものをズボンから出してあげないとね」

そう言って、ヴェーリエがズボンへと手をかけた。

アミスは肉竿から手を離すと、そのまま俺の下腹辺りを撫でてくる。

それ自体は性感帯でもないが、先程まで肉竿をいじられていたことと、焦らすようなその手つきがなんだかとてもエロい。

「えいっ♪」

その間に、ヴェーリエは勢いよく下着ごとズボンを脱がしていった。

勃起竿が跳ねるように解放される。

「あっ♥ すごい勢いで出てきたね……」

「本当、元気なおちんぽ」

アミスは下腹から手を動かし、今度は亀頭を撫でるようにした。

「うぁ……」

焦らすような動きから一転、敏感な部分を刺激されて、思わず声が漏れる。

「もうこんなに逞《たくま》しくして……」

後ろから抱きつくタルヒの手が伸びて、勃起竿を握った。

そのまま小刻みに、指を動かしてくる。

先端をアミスの手の平でなで回され、幹《みき》のほうはタルヒに擦られる。

ふたりの美女から二種類の愛撫を受けて、二倍以上の快楽を与えられた。

単純な気持ちよさに加え、複数の美女にされるというシチュエーションも興奮を煽ってくる。

「なでなでー♪　敏感な先っぽを撫でられるの、気持ちいいでしょ？」

「ああ……」

小さくうなずくと、アミスは少しだけ速度を上げる。

「しーこ、しーこ……おちんぽしごかれながら、背中にわたしのおっぱいがむぎゅーって当てられてるのを感じて。ほら」

そう言って、タルヒがその爆乳を押しつけてくる。

柔らかな膨らみが押し当てられているのは、見えないながらも想像力を膨らませる。

「リュジオってば、ふたりにおちんちんいじられて気持ちよさそうね」

そんな様子を眺めているヴェーリエ。

小柄な彼女にまじまじと見られるのは、背徳感を煽られる。

「今日はこの中にいっぱい溜めてる精液、ぜーんぶ出させちゃうから♪」

そう言って、ヴェーリエは俺の陰嚢を持ち上げるようにいじってくる。

肉竿への直接的なものとは違う、不思議な気持ちよさが伝わってきた。

「タマタマ、ずっしりしてる……♥」

ヴェーリエはそう言って、陰嚢を揺らしてきた。

「あっ、先っぽから、えっちなお汁が出てきてるわよ？　ほら……」

アミスが手のひらを軽く浮かせると、我慢汁が糸を引く。

「このお汁でもっと大胆に、ぬるぬるっ、なでなでっ♪」

「うぉ……！」

先走りを撫で広げるように手を動かすアミス。

そして滑りがよくなった分、先程よりも速く手のひらを動かしてくる。

敏感な先端をいじられ、快感で腰を引きそうになるが動けない。

「んっ、逞《たくま》しい幹の部分も、しこしこするからね……♥」

タルヒが扱《しご》く速度を上げたので、ますます俺は追い詰められていく。

「精液を作ってるタマタマ、今日はいっぱい頑張るのよ。ほら、なでなで、ふにふに」

ヴェーリエの手が、優しく睾丸をマッサージしてくる。

その動きで、より動きが活発になるかのようだ。

三人の美女に囲まれ、性器をいじられて、我慢できるはずがない。

「ころころー♪　ふにふにっ」

ヴェーリエの小さな手が睾丸をいじり、精液の増産を促してくる。

「私の手、リュジオの先走り汁でねとねとになっちゃってる♪　なでなでなでなでー♥」

アミスは亀頭をなで回し、指先でカリ裏を擦ってきた。

「しーこ、しーこ、しこしこっ！」

タルヒが緩急をつけながら手コキを行い、一番直接的に、射精を促してくる。

「ぐっ、あぁっ……」

「あっ、タマタマがきゅって上につり上がってる。これ、もう出そうなんだよね？」

玉をいじっていたヴェーリエの言葉にうなずくと、彼女は下から支えるように陰嚢全体を手のひらにのせた。

「それじゃ、びゅーって出来るように、あたしも手伝ってあげる」

彼女の手が、軽く玉を上げるようにしてくる。

それを射精準備だと思った身体が、もう精液を送り始める。

「先っぽも張り詰めて、膨らんでるわね」

「それじゃこのまま、しこしこしこしこっ♥」

「う、あぁっ……！」

俺はたまらず、彼女たちの手で射精した。

「あっ♥　すごい、どろどろのが、びゅくびゅくって出てるわ……♥」

亀頭をなで回していたアミスが、そのまま精液を受け止めていく。

「んっ、だめっ……あふれちゃう……♥」

彼女の手には収まりきらなかった白濁が、どろりと垂れていく。

「おちんちんビクビクさせながら、いっぱい出したわね……」

アミスは俺が出したものを眺める。

しげしげと見られるのは、なんだか恥ずかしい。

俺がそんなアミスを見ていると、タルヒが肉竿を扱き上げてまた精液を搾《しぼ》っていく。

「まだまだ、タマタマ重たいままだね」

ヴェーリエもそう言って陰嚢を持ち上げた。

美女三人にいじられまくって……一度出したくらいでは、収まるはずがなかった。

アミスが後始末をしている間に、タルヒが俺の正面へと回ってきた。

着崩れた彼女は、その下着をずらしていく。

のぞき込むと、彼女のおまんこはもう濡れており、薄くその花を開かせていた。

「リュジオ、んっ……」

そのまま、俺に跨がってくるタルヒ。

ヴェーリエが陰嚢から手を離すと、タルヒが腰を下ろしてくる。

指で膣口に肉竿を導いて、彼女が俺のモノを蜜壺に飲み込んでいく。

「あふっ、ん、はぁっ……♥」

対面座位のかたちで繋がり、膣内に肉竿が包み込まれる。

蠕動する膣襞《ちつひだ》が肉竿を咥え込んで刺激した。

「んぅ、はぁっ、あっ……♥」

彼女はそのまま、腰を動かし始めた。

「あらあら、タルヒったら、おちんぽを咥え込んだだけで、蕩けた顔になっちゃってる♪」

戻ってきたアミスが楽しそうに言った。

「んんっ、そんなに見られると、あっ……♥」

アミスに観察されたタルヒは、恥ずかしそうに顔を伏せる。

しかしおまんこのほうは羞恥を喜ぶかのように、肉棒を締めつけてきた。

「ほら、ヴェーリエ」

アミスに言われて、ヴェーリエもタルヒへと目を移した。

「わっ、本当……タルヒってば、気持ちよさそうな顔してて……すごくえっち……♥」

「いやぁ……♥」

ふたりに注目されたタルヒのおまんこが、きゅっきゅと収縮した。

そしてその恥ずかしさをごまかすかのように、タルヒは顔を近づけて俺を見つめる。

ふたりに見られていることを意識しないように、ということなのだろう。

そんなタルヒを可愛らしく感じる。

「ん、はぁっ、ああっ……♥」

タルヒが俺の上で、腰を振っていく。

見られることで感じていたためか、その腰振りはなかなかのペースだ。

「リュジオ、ぎゅー♪」

「あたしも、ぎゅぎゅっー」

そしてふたりも、左右から抱きついてきた。

柔らかな胸が左右から押しつけられて、俺の身体でかたちを変える。

「あっ、ん、わたしも、んぁっ♥」

タルヒも対面座位で動きながら、その爆乳を押しつけてきた。

三人の美女に囲まれ、おっぱいに包み込まれる気持ちよさに浸っていく。

柔らかな三人の双丘が、むぎゅっ、ぎゅーっと押しつけられて、とても心地がいい。

おっぱいに包み込まれるのは、男としては夢のような状況だろう。

彼女のたちの胸は大きく、誰かひとりのそれに触れるだけでも幸せだ。

それを三人分も同時に味わえるなんて、男冥利に尽きる。

「リュジオがすっかり、気持ちよさそうな顔になっちゃってる♪」

「本当。ね、リュジオの蕩けた顔、もっと見せて」

抱きつきながら、顔を寄せてくるふたり。

身体を寄せた分、その柔らかな膨らみが密着していく。

「あっ♥ ん、はぁっ、あふっ……！」

幸せなおっぱいホールドを受けている間にも、肉棒はタルヒのおまんこで扱き上げられていく。

「ふー♪」

「うぁっ……アミス、急に何を……」

「んー？　お耳に息を吹きかけてみたの。気持ちいいかなって。ほら、ふーっ」

アミスの吐息が耳をくすぐってくる。

普段ならくすぐったさを感じるだけだが、おっぱいを押しつけられ、蜜壺に挿入している気持ちよさと重ねられると、快感を高める手助けになるようだ。

「あたしも、ふーふー♪」

アミスを真似て、ヴェーリエも反対の耳に吐息を吹きかけてくる。

三人がかりの責めに、俺はまたしても追い詰められてしまう。

「ふー、あむっ♥」

ヴェーリエが今度は、耳を軽く唇で挟んできた。

「はむはむっ♪」

そのまま唇で耳を愛撫してくる。

「んんっ、リュジオのおちんぽ♥　中で跳ねた、あっ♥」

「お耳、やっぱりいいのね。それじゃあ、れろっ、ちゅぱっ！」

今度はアミスがヴェーリエを真似して、俺の耳を愛撫してくる。

「ね、お耳を舐められると、ちゅぱっ♥　水音がよく聞こえて、すごくえっちでしょう？」

「れろんっ、じゅるっ……」

「ほら、リュジオのおちんぽがタルヒの中でぐちゅぐちゅって動いてるみたいな音を、ちゅぱっ、じゅぷっ……♥　お耳で感じて、ん、はぁっ……♥　ちゅぱっ」

「うぁ……あぁ……」

「リュジオの顔、蕩けちゃってる、んっ♥　れろっ、じゅるっ♥」

ふたりが左右から、胸を押しつけながら耳を責めてくる。

「ああっ、わたし、ん、はぁっ♥　もう、イキそうっ……！　このまま、あっあっ♥　ん、くぅっ、あぁっ！」

そしてタルヒが大胆に腰を振って、その膣襞で肉棒を扱き上げてくる。

俺のほうも、もう限界だ。

「あっあっあっ♥　おまんこイクッ！　ん、気持ちよすぎてイクッ！　ん、ああっ、あふっ！」

「ちゅぽっ♥　ちゅぱっ……あぁ、ふたりともすごい、んっ♥　ちゅぱっ！」

「すっごくえっちだよ。れろっ、じゅるるっ……♥」

蜜壺が肉棒を扱き上げる快感と、耳元で響く水音と刺激。

三人の美女に囲まれてのセックスは、最高だった。

「んはぁっ！　あっ、ん、あっあっあっ♥　おまんこイクッ！　ん、はぁっ、イクイクッ！　イックウウウウウゥッ！」

どびゅっ！　びゅるるるるるっ！

タルヒが絶頂するのに合わせて、俺も精液を放っていった。

「ああっ♥　熱いザーメン、んぁっ♥　わたしの中に、びゅくびゅく出てるぅ……♥　中、出されて、んくぅぅぅっ♥」

絶頂するおまんこは肉棒を強く締めつけて、精液を搾り取っていった。

「あっ♥　ん、はぁっ……あふっ……♥」

中出しを受けて連続イキしたタルヒは、そのままぐったりとこちらへと身体を預けてきた。

それでも蜜壺のほうは、まだ肉竿に絡みついてしっかりと精液を吸い尽くしていく。

「んぁ……♥　ん、ふぅっ……」

タルヒが荒い息を吐きながら、ぐったりと身体を預けてくる。汗ばんだ身体も気持ちいい。

「あぁ、すごいわね……本気のえっちって♥」

その様子を見て、アミスが耳元で呟いた。

俺はタルヒを支えるようにしながら身体を持ち上げて、膣内から肉棒を引き抜いていく。

両脇のふたりも一度離れたので、俺はタルヒをベッドへと寝かせた。

するとすぐにまた、ふたりが身体を寄せてくる。

「ね、リュジオ……」

「おちんぽ、まだまだ元気だよね？」

彼女たちからは、甘やかな女のフェロモンが漂っていた。

「あんな気持ちよさそうなえっちを見せられて、私のここも待ちきれないの」

アミスが俺の手を取ると、自らの足の間へと導いた。

彼女のそこはもうぐっしょりと濡れており、下着から愛液がしみ出している。

「あたしも、リュジオのおちんぽを挿れてほしくて、疼いちゃう」

ヴェーリエはそう言って、俺に見せつけるようにショーツを下ろしていった。

クロッチの部分がいやらしい糸を引き、俺にアピールしてくる。

「私たちの中にも、ね？」

「ほらリュジオ……♥」

「ああ」

ふたりに迫られて、俺はうなずいた。

「そうだな、それじゃ。並んで四つん這いになってくれ」

俺が言うと、ふたりは素直に従い、四つん這いになった。

ふたり分の濡れ濡れおまんこが並び、俺に種付けしてほしいと、おねだりしている。

その淫猥で豪華な光景を前に、滾らない男などいないだろう。

「リュジオ、きて……♥」

「そのガチガチのおちんぽで、あたしたちのおまんこ、いっぱい気持ちよくして♥」

ふたりにおねだりされ、俺は彼女たちへと近づく。

まだまだ、夜は長い。

重要な作戦まであと少し。

俺は英気を養うために、幸せすぎるハーレムの夜を過ごすのだった。

# 第一章　自由な王冠

燃えている。

怒号はすでに遠くに去り、赤い世界に残っているのは、蹂躙され尽くした痕跡に過ぎなかった。

ごうと燃えさかる炎が、建物を、街路樹を、人々だったものを焼いている。

崩れ落ちた建物の隙間から、人の腕が飛び出していた。

腕は、どこかに挟まっていたのだろう。

肩から先は炭化しており、黒くすすけているのに対して、焼け残った肌は一層白く見えた。

生きている人間は見当たらない。

がれきに寄りかかるように座り、そのゴツゴツとした感触を不快に思いながら、俺は身体を動かせなかった。

燃えている。

街だった場所は炎に包み込まれ、多くの建物と人が、なすすべなく焼かれていた。

逃げようとした人々も攻め込んできた兵士たちに斬られ、そのまま捨て置かれて炎に包まれていった。

まぶしさと熱で目が痛い。

ぎゅっとつむると、低く炎が鳴る合間に、パチパチとはじける高い音が紛れる。

まぶたの向こうにも赤さを感じる。

それは炎か。内側を流れる血が光に照らされたものか。

焼け焦げたの匂いが充満し、平時であればそのひどい臭いに顔をしかめ、鼻を覆ったかも知れない。しかしそんな気力は、今の俺にはなかった。

もとより動けるのならば、今すぐこの場から逃げ出すか、憎しみのまま剣を振るっているかしている。

赤い世界。

生まれ育ち、暮らしていた街が燃えていく光景。

何もかもが消えていく場所で、俺はひとり、世界の終わりを感じていた。

●

豪快に波を切って進む船。

比較的大きな客船には、百二十人ほどが乗っていた。

豪華客船とはいかないものの、グレードはそれなりであり、格安の移動専用船とは違う。

そのため、乗客は比較的金のある庶民——中堅の商人や、貴族に仕える人間などが多くを占めている。

特別な客室もそなえており、大商人や、貴族も多少は乗っているようだ。

安さが売りの船に比べると、快適で穏やかな船旅である。

故郷を焼かれ、今は何の地位もない俺だが、元々は下級貴族である騎士家の生まれだ。

このくらいの等級というのがいちばんなじみ深く、過ごしやすいともいえる。

甲板へ出ると、何名かの乗客たちが、風に当たりながら談笑したり海を眺めたりしていた。

買い付けを行う商人のように頻繁に海へ出る者は例外的で、多くの人間にとっての船旅は、そうそうしない珍しいことだ。

そのため、せっかくの船旅を肌で感じられる甲板は、わりと人気だった。

とはいえ、すでにこの船旅も数日目。

最初はこぞって甲板に出ていた人たちも減って、余裕を持って楽しむことが出来る。

こうして甲板に出るのは、珍しい海を満喫しようとか、旅行の開放感にかこつけて異性を口説き落とそうというような浮ついた者ばかりではない。

慣れない船室に籠もって貯め込んだストレスを、発散させようという人もいるだろう。

空は青く、日差しは少しまぶしいくらいだ。

潮気はあるものの、風も心地よい。

ずっと籠もっているよりは、こうして外に出たくなるというのも妥当なところなのかもしれない。

俺は人々から少し離れ、甲板の端のほうで海を眺める。

波とともに揺れる船。

海は今、比較的穏やかな状態ではあるが、人によっては酔ってしまうだろう。

これが荒れ始めると、普段は平気な人でも酔い、そもそもこうして甲板に出ることなどできなくなってしまう。

それでも、荒れたときこそ船の帆を調節し、活発に動き回る船員というのはすごいものだ。

幸いにして、今回の船旅では海が荒れる気配はない。

しかし、突然襲いかかってくることもあるので、油断は禁物だ。

もちろん、海上で俺たちが自分で出来ることなどない。海が荒れないように、自らの運を信じることくらいだ。

俺はぼんやりと、海を眺める。

船体に当たり、はじける波飛沫。

酔わないためには遠くを見ていたほうがいいらしいが、俺は酔いやすいタイプではないので、穏やかな海で波を眺めるくらいは平気だ。

戦闘向きのスキルを持っていなかったため、サポート役ではあったものの、元騎士だ。

今も戦闘を生業《なりわい》にしている俺としては、船室でじっとし続けるよりは、こうして風に当たり、外を眺めているほうが落ち着く。

「リュジオ、ここにいたのね」

しばらく風に当たっていると、後ろから声をかけられる。

振り向くと、赤い髪を抑えながら、こちらへと歩いてくるアミスがいた。

落ち着いた雰囲気の彼女は、俺を見つけて駆け寄ってくる……なんてことはなく、悠々と歩いて近づいてくる。

俺を見つけては駆け寄ってくる別の女性を思い出しているうちに、彼女は俺の隣へと並んだ。

「珍しいな」

「そう？」

気心知れた彼女は、俺の言葉に軽く首をかしげてみせる。

彼女は俺とは違い、室内でじっとしているのが苦にならないタイプだ。

アミスは医者だった。

クールな女医である彼女は、背もすらりと高く、スタイルがいい。

まさに出来る大人の女性といった風貌で、実際にその通りでもある。

治療系のハイレベルスキルを所持しており、簡単な傷ならすぐに回復させられるばかりか、【縫合】というレアスキルまで持っている。

【縫合】はその名の通り、傷を塞ぐ。彼女のそれは、切断された腕などを繋ぎ合わせることまで出来るスキルであり、医者でもなかなかに所持者の少ない貴重な能力である。

さらに上位のスキルには、【再生】や【蘇生】といったものがあるが、【再生】なんて世界のどこかにいるかもしれないという希少さであり、【蘇生】に至ってはおとぎ話くらいでしか聞かない。

つまり彼女は、現実的なレベルにおいては、最高峰の治療スキルを持っている名医というわけだ。

そんな話を聞いても、なるほど、と思わせるだけの雰囲気が彼女にはあった。

それはスキルに加え、経験と知識からくる自信も大きく働いているのだろう。

「別に私だって、年中部屋に籠もっているわけじゃないわ」

「それは知ってる」

怪我人を常に彼女の元へ運び込めるほど、俺たちはどっしりと構えて動ける訳ではない。

「……こういうのは、のんきだと思うか？」

海を眺めながら、問いかけた。

そんな俺に、彼女は小さく笑みを浮かべる。

「むしろ、少しくらいのんきなほうがいいわ。安心するわよ」

俺の過去の姿を知る彼女は、優しく言った。

彼女と出会った頃の俺は、故郷を焼かれて、彷徨《さまよ》った直後だった。

村を焼いた貴族への復讐心が剥きだしであり、自身だけでは力を発揮できない【増強】スキルの使い道を模索しているところだった。

貴族と差し違えるつもりでしかなかった俺を、どうにかこうして、のどかな船旅ができる真人間に見えるくらいに戻してくれたのは、間違いなく彼女という主治医の力が大きい。

のんき……とは言うが、こうして船旅をしてる俺も彼女も、正体がバレ次第、捕縛されてもおかしくない立場だ。

俺たちは、旧態依然とした主流派貴族に対抗する組織、フレイタージュに属している。

既得権益にどっぷりとつかり、内側からじわじわと国を腐らせていくだけの貴族に、変革を促そうという組織だ。

もちろん、彼らが素直に声を聞き、自発的に変わっていくことなどあり得ない。

そういった声はもうずっと昔から、庶民からも出続け、時には同じ貴族からも上がるほどだった。

それでも今日まで、ずるずる悪政は続いている。おそらくは明日も明後日も、変わることはないだろう。

悪徳と知っていても自らの利益を手放さないのは、善人の行いではない。だが、多くの人間もまた、いざ自分がその立場になってみれば同じようなものなのかも知れない。

個々人の正義はつまるところ、自分に都合がいいことか、まわりの賛同を得られそうなこと。

そんな程度でしかないのだろう。だからこそ、国家を変えるのは容易ではない。

「昔に比べれば、ずっと落ち着いたさ」

「そうね」

変わろうとしない守旧派の貴族を、このままにしてはいけない……その思いは今もある。

だがかつてのように、ただ復讐へと一直線に向かうという考えではなくなった。

故郷を焼いた貴族にだけ天誅を下したところで、それだけで世界が良くなることなどない。

負の連鎖を断ち切ってこそ、変革のタイミングが訪れるのだ。

復讐だけにとらわれていては、目が曇る。

そのことに気づける程度には冷静になり、今はこうして、船に揺られていた。

フレイタージュは、反体勢であり、変革を望む組織だ。

ただ貴族に対して反対を表明するだけでは、組織が取り締まられて終わりである。

それに、貴族たちに踏み潰されてきた人間ばかりが集まったところで、ろくな活動は出来ないだろう。それこそ血なまぐさい、復讐第一になってしまう。

組織で動く場合は、何をするにもまず、金がいる。

過度に資金ばかりを追い求める必要はない。だが、武器や馬車、工作に使う分や、兵糧にせよ拠点にせよ、抵抗組織としてあるために必要な金は多い。

その金額を用意するのは、俺たち騎士崩れや畑を追われた農民、地元を失った商人には不可能だ。

だからフレイタージュにも当然、スポンサーがいる。

それが改革派の貴族であり、彼らの下にいる大商人だ。

彼らが表に出ることはないが、そういった後ろ盾によって俺たちは活動している。

今も、そんなスポンサーに会うために、俺たちは船で移動しているのだ。

日頃はもちろん、直接のやりとりなどはしない。

互いに連絡員を使い、秘密裏に交渉を行う。

しかし時には、それだけでは足りないこともある。

いよいよ改革派の貴族たちも力をつけてきており、守旧派に対して動く準備を整えつつある。

今一度、改革派の組織たちが密に連絡を……という流れになっていた。

特に今回会うのは、改革派貴族の筆頭であり、真の大物でもある伯爵だ。

本来ならば平民と会うことなどない彼に面通しをするとなれば、組織としてもそれなりの人物を出さなければならない。

そういった選定も、組織運営では常に頭を悩ませるものだ。構成員のほとんどが平民だからな。

ところが、今回は伯爵のほうから指名があったため、あっさりと決まった。

それが貴重な【縫合】スキル持ちのアミスであり、【増強】スキルの活用で組織内の中心戦闘員となっていた俺である。他にも数名が選ばれていた。

「適度に力を抜いていたほうが、結果も良くなるわよ」

「ああ、そうだな」

俺は短くうなずいた。

並んで、のんびりと海を眺めていると、やがてアミスが口を開いた。

「少し冷えてきちゃったかな。船室に戻るわ」

「ああ、またあとで」

「ん」

彼女は小さくうなずくと、甲板から船内へと戻っていった。

潮風に吹かれて揺れる髪と、背中を眺める。

アミスを見送ると、俺は船縁《ふなべり》に寄りかかるようにして空を眺めた。

日が傾いてきたものの、まだまだ十分な高さがあり、青い空が広がっている。

そこにまた、人が近づいてくる気配があった。

「ひとりかい？」

声をかけてきたのは男だった。俺はそちらへと目を向ける。

「見ての通りさ。連れは客室に戻ってしまってね」

「美女と旅が出来るのはうらやましいね。こっちは男ばかりだ」

男は引き締まった身体で、軽い雰囲気ではあるものの、その目の奥には強い芯がある。

商人には見えないし、その護衛にしては気配が整い過ぎている。

ましてや冒険者というには上品すぎ、反対に貴族にしては野性味がある。

明確なものではなく感覚的な話にはなるが、おそらく彼は騎士だろう。

「そっちも騎士だろう？　おれはラグバ。コッファー領の騎士だ」

同じことを思ったのか、男はそう声をかけてくる。

「いや、あいにく、俺は騎士じゃない。しがない冒険者さ」

そう言って肩をすくめる。

しかし彼は、まさか、とこちらを見てきた。とはいえ、騎士でないのは事実だ。

「生まれは騎士家だが、次男でね。基礎はあるが、剣にもずいぶんと我流が入っている」

「ああ、なるほど」

それで納得したように、ラグバはうなずいた。

彼の感じ取った通り、騎士家出身者と生粋の冒険者では、やはり根底にまとう空気が違う。

しかし、現役の騎士である彼に比べれば、今や俺のそれは薄い。彼としても、元騎士家の冒険者というのは、俺の印象により近いものだっただろう。

それだけ見抜けるのも凄い。彼もまた、相応の実力者であるということだ。

ただ、コッファー領というのが事実なら、そう警戒する相手ではない。

我らがスポンサーのような熱烈なものではないけれど、コッファー伯も消極的ながら、改革派の貴族だ。一握りの貴族による暴政が蔓延《はびこ》るペッカートゥムの未来を、彼なりに案じているという。

だから、スポンサーになったり密に行動を共にするようなことはなくとも、よほど追い込まれない限り、こちらを売り渡すことはしないだろう。

この船の停泊地は守旧派貴族の領地だから、乗り合わせる騎士もそちら側の可能性が高いと思っていたが、彼も何らかの仕事で移動中なのだろう。

味方だからといって、すぐさま所属を名乗ったりはしないが、必要以上に疑って、不自然な探りを入れる必要はないか。

「しかし、冒険者か。実力もありそうだし、もったいないな」

「誇りはないが、自由はある」

「違いない」

彼は事もなげに首肯《しゅこう》した。

「コッファー領というと、それなりに距離があるな？」

「ああ、ちょっとしたお使いでね」

彼ほどの騎士を派遣するとなると、ちょっとしたお使いなどではないことは確実だが、そこにツッコむような無粋はしない。

存外、時流を読んだコッファー伯が、より改革派に近づいてくるための準備、というような話とも考えられる。それは、いささか都合がいい期待だろうか？

「隣にいた美人も騎士なら、ちょっと話が出来るかも、と考えたが残念だ」

「ああ、彼女はまったくの平民だが……騎士様に熱を上げるほどの幼さはないよ」

彼の言葉は方便であり、アミスを口説こうなどというのではなく、俺たちの身元を探りに来たのだろう。それがわかるから、こちらも冷静に対処できる。

事実、アミスは平民の出であるため、言葉ももっとまっすぐだ。

騎士様といえば、若い乙女には今でも人気だが、現実と憧れは違う。

絵本に出るような騎士もいるだろうし、それこそ目の前のラグバなどは、憧れる乙女が多くいるだろう容姿をしている。

整った顔立ちに、騎士らしい気品と、それでいて香る野性味。

世渡りが出来て、空気も読めるし、騎士としての実力もあるとなればモテないはずがない。

十代の乙女であれば、ころりといくだろう。

とはいえ、遠回しにでもアミスのことを「若くない」と言ったことがバレれば、彼はともかく俺のほうは、なかなかによくないことになりそうだ。

おしおきとして、寝かせてもらえない夜になるだろう。それも、激しくというよりは、ねっとりと搾られていく様子が想像できる。

それはそれで、魅力的ではあるが。

「騎士として乙女の理想に応えるのは……嬉しくはあるが、疲れもするだろうね」

俺が言うと、ラグバがニヤリとした。

「元騎士の君のほうが、歴戦の余裕という感じだね」

「冒険者になるとそのあたりも、大いに自由なんだ」

そう返すとまた、彼は笑みを浮かべた。

「まあ、実際のところ俺たちの主導権は、彼女のほうにあるのだけれど」

俺の言葉に、今度は曖昧な表情を浮かべる。

全肯定しては嫌味だろうし、かといって否定も出来ない……という状況を、なあなあで切り抜けるための顔なのだろう。

「ああ、それは少しわかるな」

「むしろ、見た目のイメージ通りだろう？」

俺がおどけると、これまで以上に人懐っこい笑みを浮かべる。

「あんなクールな美女に迫られるなんて、うらやましい限りだよ」

「そう言われると、たしかに」

言って、俺も笑った。

尻に敷かれているくらいが上手くいくなんて話も聞くしな。

それに、無用の嫉妬を買う必要もないから、素直に答えた。

まあ、彼に関して言えば、そんなつまらない感情を抱く人間には思えなかったが。

「ラグバ隊長」

後ろから声がかかり、ラグバが振り向く。

「連れが来たみたいだ。それじゃあ、また」

「ああ。また」

ラグバは軽く手を上げると、兵士のほうへと歩いていった。

そんな彼らも、船内へと消えていく。

「アミスちゃんが『幼く』ないなら、わたしはどうなっちゃうんだろうね？」

「いつから聞いていたんだ？」

俺は困ったように肩をすくめながら、声のほうへと目を向ける。

いつの間にか近くに来ていたのは、タルヒだ。

長い金色の髪を潮風になびかせる彼女は、俺の幼なじみである。当然、アミスよりも年上だった。

それでいて、彼女よりも所々で『若い』そぶりを見せるから可愛らしい。

まあ、それは幼い頃から一緒である俺だからこそ、という側面もあって、端から見れば彼女もまた、落ち着いた大人の女性ということなのだろうけれど。

全体に柔らかな雰囲気のタルヒだが、幼なじみである以上、俺同様に故郷を焼かれている。そしていまは、フレイタージュのメンバーだ。

しかし、元々穏やかな性格だった彼女は、悪徳貴族への復讐に熱を上げているわけではない。

俺を心配して、ついてきてくれているのだ。

昔から全てを受け入れて、優しさで包み込むタイプの彼女は、俺を止めるようなことはしない。

もちろん、性格が穏やかだからといって、故郷を失って平気なわけじゃない。俺のことも理解してくれている。それでもやはり、彼女は復讐に生きるようなタイプではない。

タルヒなら、俺が復讐をやめて穏やかに暮らしたいと言えば、それも受け入れてくれるだろう。

もしかすると、アミスもそうなのだろうか。そんな風に思うこともある。

「あんまり潮風にあたると、風邪引いちゃうよ」

「また保護者みたいなことを」

俺が言うと、彼女はいたずらっぽく笑った。

「リュジオは心配だからね」

「これでもどちらかというと、周りからは頼りにされているほうなんだけどな」

俺はそう言いつつ、船室へと足を向ける。

確かに、長く外にいすぎたかも知れない。

歴戦の騎士が、身体が冷えて風邪を引くなんてことはないつもりだが、タルヒの忠告には素直に従っておくほうがいい。

昔からいつだって、そうだった。

しかしつくづく、女性の尻に敷かれているなと思う。

実際には、タルヒにせよアミスにせよ、むしろ俺の行動で振り回してしまっている自覚はあるが、どうしてもこういった関係性になってしまうな。彼女たちに言われると逆らえない。

それに……。

俺はチラリと、タルヒの腰へと目を向ける。

きゅっとくびれた腰から伸びるライン。女性らしい曲線を描いて、ふっくらと丸いお尻。

その尻に敷かれたい男性は、きっと多いことだろう。

●

夜になってから甲板に出るのは危険だということで、夕方以降は強制的に、乗客は船内に入る。

星は見えるだろうが、それ以外の明かりはなく、万が一にでも落ちてしまえば、海は深く暗い。

昼間でさえ落ちれば大事だが、夜の海に飲まれたなら、救出は難しいだろう。

俺自身も、夜の海は好きではない。

黒く、不規則に波を放つそれは、深い深い底へと俺を誘うようにも思える。

眺めていると心の奥にある暗い気持ちを浮かび上がらせ、入れ替わりに俺を沈めようとするのだ。

そんなわけで、船室内でのんびりと過ごすことになる。

揺れる船室でじっとしているというのは、なんだか落ち着かない。

船員として長期間乗っていれば慣れるのかも知れないが、たかだか数日の行程では、落ち着きのなさが勝ってしまう。

変に揺れを意識すると酔いそうだし、することがないのなら早く寝てしまうに限る。

そうは思うものの、浅い時間にすんなりと眠れるほど、健康的な生活をしている訳でもない。

船上では身体を動かす機会もなく、体力は余計に余っている。

そんなことをつらつらと考えていると、ドアがノックされた。

俺は身を起こして、鍵を開ける。

「リュジオ」

そこにいたのは、アミスだった。

彼女は艶っぽい雰囲気で、俺を見つめる。

部屋に招き入れて、ドアを閉める。もちろん、鍵もかけて。

ラウンジなどと違い、船室は基本的には、ひとりで休むための場所だ。

そのため、ちょっとしたテーブルと椅子が一脚、あとはベッドがあるだけだった。

調度が少ないため、圧迫感はないが、並んで話をするようには出来ていない。

単に話をするのならラウンジがある、ということなのだろう。

俺たちは自然とベッドへと向かい、腰掛ける。

彼女の手が、軽く俺の太腿を撫でた。

ねだるような手つきに刺激され、俺は彼女にキスをする。

「んっ……」

唇を触れ合わせると、彼女が小さく吐息を漏らす。

そのまま、彼女の豊かな胸へと手を伸ばしていった。

「あっ……」

柔らかな感触とともに、彼女から色っぽい声が漏れる。

そのまま、下乳のあたりを持ち上げるように揉んでいった。

「んんっ……リュジオ……」

アミスは潤んだ瞳で俺を見つめる。

その艶やかな表情に惹かれるように、再びキスをした。

「んぅっ……♥　ふぅ……」

そのまま舌を伸ばし、彼女の唇を舐める。

そして開いた口内へと入り込むと、彼女の舌を絡め取った。

「れろっ……んっ、ちろっ……」

彼女も舌を動かし、互いに愛撫を行っていく。

「ん、はぁ……れろっ……」

舌を絡め合いながら、やわやわと胸に添えた手を動かしていった。

手に合わせて形を変える双丘は、とても心地がいい。

その柔らかさに浸りながら、緩やかな愛撫を行っていく。

「んんっ、はぁ……リュジオ、んっ……♥」

口を離すと、唾液が薄く糸を引く。

アミスは蕩けた表情でこちらを見ていた。そのセクシーな姿に欲望が高まって、俺は彼女の服をはだけさせた。

「んっ……」

漏れる吐息。その色づきを感じながら肌をあらわにしていく。

顔を下向け、鎖骨のあたりに舌を這わせた。

「んん……♥　あっ、ふぅ……」

アミスはくすぐったさと気持ちよさを混ぜたような声を出して、小さく身体を動かした。

つーっとその突き出た骨のくぼみを往復し、そのまま下へと降りていく。

大きく膨らんだ乳房へ舌を下ろしていくと、ぶるっと身体を震わせた。

柔らかな山を、緩やかに頂点目指して登っていく。

「んんっ、そんなに、あぁ……♥」

焦らすような動きに、アミスは切なげな声を漏らした。

すっかりと色付いた彼女の姿に、高鳴りが増していく。

肉棒がズボンを突き破らんばかりに押し上げているのを感じながら、胸へと舌を這わせていく。

乳輪へと舌が届くと、いよいよ彼女の昂ぶりも増していくようで、その手が何かを求めるように、
俺の頬を撫でてくる。

細い指が、俺の頬を少し下へと動かそうとした。

その期待に応えるように、巨乳の頂点でつんと尖った乳首へと舌を向けた。

「んあっ♥」

彼女が甘い声とともに、ぴくんと身体を跳ねさせる。

その敏感な反応は、とても可愛らしい。

俺は舌先で乳首を転がすように刺激した。

「ああっ……それ、ん、はぁ……♥」

アミスは甘い声を漏らしながら、胸を突き出すようにしてくる。

俺は乳首を唇で挟み、擦るように刺激していった。

「あぁ、それ、すごく、んっ……」

「気持ちいい？」

俺が尋ねると、小さくうなずいた。

そんな仕草も、俺の心をさらに滾らせていく。

片方の乳首を唇で愛撫しながら、もう片方の乳首へと手で触れる。

指先で挟むようにして、軽く擦ってみた。

「んぁ……！　あっ、ふぅっ……♥」

これにも、小さく喘ぐアミス。

乳首をいじられ、感じている姿を楽しみながら、軽く吸いついていく。

「あふっ、ん、乳首、吸われると、んっ……♥」

吸いながら唇で愛撫すると、彼女の身体が反応してくる。

「ああっ……♥」

甘い声をあげて、高まっていくのも愛らしい。

普段は冷静な大人の女性がメスとして感じている姿は、まさに秘め事という感じがして、俺のオスの欲望をくすぐっていく。

「ね、リュジオ……」

もじもじと腿《もも》を擦り合わせるようにしながら、彼女が熱い視線を送ってきた。

「ああ……」

俺は短くうなずくと、彼女の服を脱がせていく。

「ああっ……脱がせる手つきも、すごくえっち……」

「アミスが可愛く感じてくれるから、嬉しくてな」

「やぁ……♥」

甘く言うと、彼女が恥ずかしそうに顔を背けた。

俺は手際よく脱がしていき、ついに残るのは、その大切な場所を追い隠す小さな下着一枚になってしまう。そこへと手をかけて、ゆっくりと脱がせていった。

「んっ、はぁ……」

クロッチの部分が、いやらしく糸を引いていた。

同時に、メスのフェロモンが濃く香ってくる。

「あぁ……♥」

生まれたままの姿になった彼女が、そのまぶしい肢体をさらしながら俺を見上げる。

「アミス、四つん這いになって」

「んっ……」

俺が言うと、彼女は頬を染めながらも、言われるままに身体を動かしていく。

ベッドで四つん這いになった彼女が、その丸いお尻をこちらへと向けた。

足を軽く広げた彼女の、きゅっとすぼまったアヌスも、愛液を垂らしている陰唇も丸見えになってしまう。

恥ずかしい姿でこちらを求めるその様子に、耐えきれないほど本能を刺激される。

すぐにでも挿れられるほどに濡れた割れ目が、薄く口を開いてこちらを誘っていた。

俺は服を脱ぎ捨てると、屹立した肉棒を彼女へと向ける。

「ね、リュジオ……私の恥ずかしい格好を見てばかりいないで、ね……？」

アミスはそう言いながら、こちらを振り返った。

そして剛直を目にして、さらに息を弾ませる。

「リュジオのそこも、もう耐えきれないみたいね」

「ああ。挿れるよ」

俺が言うと、彼女は顔を前に戻して、ぐっとお尻を突き出すようにした。

俺はそのお尻をつかんで、軽く外側へと広げる。

陰唇がくぽっと広げられ、肉棒を求めるかのようだ。

俺は潤んだ膣穴へと、肉棒をあてがった。

「あぁっ……熱くて硬いの、当たってる……♥」

くちゅっ、と愛液が音を立て、敏感な粘膜同士が触れ合う。

俺はそのまま、ゆっくりと腰を進めていった。

「んぅっ……♥　はぁ、あぁっ……！」

膣道を押し広げながら、亀頭が侵入していく。

熱くうねる膣襞《ちつひだ》が剛直を包み込んでいった。

その気持ちよさを感じながら、ゆっくりと腰を動かしていく。

「んんっ……はぁ、あふっ……」

膣襞をかき分けながら、肉竿を往復させ始める。

快楽のためか、彼女の腰がくっと上がり、蜜壺に咥え込んだ肉棒を、引っ張るように刺激した。

あふれる愛液が肉棒にまとわりつき、抽送を促してくるかのようだ。

身体の要求に任せて、ピストンを行っていく。

「んぅっ、はぁ、ああっ！」

四つん這いになったアミスが、嬌声をあげていった。

俺はそんな彼女の腰をつかんで、出し入れを繰り返していく。

「あふっ、ん、はぁ……リュジオ、んんっ……！」

船室のベッドは波に合わせて揺れ、それも予想外の刺激となっていた。

膣内がリズミカルに締まり、咥え込んだ肉棒を味わっているかのようだ。

ぐちょぐちょの襞《ひだ》に包み込まれ、快感を受け止める。

「んはぁっ、あっ、んぅっ……♥」

船室は決して壁が厚いわけではない。

彼女は声を抑えようとしているようで、その健気な姿がより俺を興奮させた。

「アミス……」

俺はぐっと身体を前に倒すと、さらに腰の速度を上げていった。

「んはぁっ……！　あっ、く、んんっ……♥」

甘い声を漏らして、感じていく彼女の背中。

うっすらと汗の浮かぶその綺麗なラインを眺めながら、腰を往復させていく。

「あぁっ……♥　リュジオ、私、ん、はぁ……」

耐えきれない、とばかりに切なげな声をあげていくアミス。

膣襞もより強く肉棒にまとわりつき、扱き上げてきていた。

俺は昂ぶりに合わせ、腰のペースを上げていく。

「ああっ♥　ん、はぁ、んくぅっ！　んむっ……！」

アミスは思わず大きな嬌声をあげてしまったのか、顔を伏せた。

今の声は、隣まで響いたかも知れないな。

隣の部屋は同じ組織の仲間のはずだ。噂にはならずとも、より羞恥を煽る状況ではある。

普段はクールな女医で、落ち着いた彼女だ。いつもの声を知っていても、今のような情熱的な嬌声がアミスだとは、すぐには結びつかないかも知れないが。

「んむっ、んん、んぁっ……♥」

昂ぶりのまま腰を振り、その熱い膣内を往復していく。

「んんっ、イクッ♥　あぁっ、んん、あうぅっ！」

駆け上ってくる滾《たぎ》りを感じながら、奥までめいっぱい突き込んだ。

熱い肉襞をかき分け、淫らな水音を響かせながら往復する。

「あぁっ♥　だめっ、イクッ！　んんっ、んむっ、んんーっ！」

ガクンと上半身を落とすと、アミスが枕に顔を埋めた。

その影響で腰の角度が変わり、ぞりっと上側の襞を擦り上げる。

「んん、んむぅーっ！　んんっ！」

枕で声を殺しながら、アミスが絶頂を迎えた。

膣道がきゅっと収縮し、そのねだるような締めつけを感じながら射精していく。

「んんっ♥　んん、むぅっ……♥」

中出しを受けて、さらに声をあげていくアミス。

枕で声が押し殺されている様子もまたエロく、俺は心地よく精を放ちながら快感に浸っていった。

「んっ……はぁ、はぁ……♥」

放出を終えて少し落ち着くと、彼女がやっと枕から顔を離して、大きく息をした。

熱く、乱れた呼吸。

そこに漂う色っぽさを感じながら、肉棒を引き抜いていく。

「んはぁっ♥」

それでまた襞がこすれて、油断していた彼女が小さく喘ぐ。

アミスはそのまま、ベッドへと身体を倒した。

そんなアミスに覆い被さるようにして俺も寝そべる。

「んっ、リュジオ……」

向きを変えた彼女がそのまま抱きついて、唇を突き出してきた。

触れるように優しくキスをして、彼女の横へと転がる。

指を絡めて手を握ってくるアミスに応えながら、しばらく余韻に浸るのだった。

●

どこまでも広がる青い海と青い空。

帆が風をはらんで膨らんでいる。

ただただ飲み込まれそうな、綺麗ではあるものの単調な風景が続いていく。

波の音に時折混じる、ロープが軋む音。

ここ数日、飽きるほどに感じていた海。

とはいえ、それもそろそろ見納めだ。

風の具合にもよるらしいが、早ければ今日にでも、よほどのことがなければ明日の朝までには目的としている港に着くようだ。

すでにこの海域も、港がある守旧派貴族の領内みたいなものである。

本来なら海は誰のものでもないが、それでも力の及びやすい範囲というものはある。

俺の目からはまだ陸地が見えないが、あの高いマストに上がれば、わかるものなのだろうか。

そんなことを考えながら、海を眺める。

甲板には今日も数名の人がいる。

メンバーこそ違うだろうが、この見慣れた光景とももうすぐお別れだ。

些細なことであっても、日常だったことが変わっていくのは、どことなく寂しさを含む。

辛いと思っていたようなことでさえ、終わってしまうと分かると、嬉しさだけではない。

それは人間が、日々の中に喜びを見いだすように出来ているからだろうか。あるいは、変化は危険だとして嫌う本能によるものなのかも知れなかった。

そんな感傷にひたりながらも甲板を眺めていると、ひとりの少女が目を惹いた。

彼女はひとりで海を眺めているようだ。

船縁《ふなべり》に手をかけるのではなく、一歩引いた位置から海を眺めている姿は、今の俺の気分もあってか、どこか寂しげに感じられた。

金色の髪をツインテールにしている少女は、十代後半だろう。

背は低めであるものの、手足はすらりと伸びている。

少女らしい瑞々《みずみず》しさは、健康的な色気を放っていた。

年齢的にも、その可憐な容姿にしても、ひとりであることは少し気にかかった。だが、かといって気軽に声をかけにいくような俺ではない。

俺は少女から視線を外し、海へと目を戻す。

遠くから、船が向かってきていた。

「おぉ……」

久々に現れた景色の変化に、思わず声を漏らす。

これも、陸地が近いということなのだろうか。

ルートが決まっているとはいえ、広い海ではなかなか、他の船とすれ違うこともなかった。

しかし当然、港が近くなればなるほど、そう言った航路の違いは小さくなり、他の船を見る機会も増えていくのだろう。出港時もそうだった。

進行方向の右側から現れた船は、だんだんとこちらへと近づいてくるようだ。

俺はのんきにその光景を眺めていたものの、船が近づいてくるにつれて、甲板の船員たちに不穏な空気を感じ始めていた。

「なんだあれ……おい！」

ひとりの船員が、仲間に声をかける。

彼らが慌ただしく動きはじめ、見張り役の船員が望遠鏡をのぞき込む。

その頃には、向こうの船がさらに速度を上げ、こちらへと近づいてきていた。

客船は舵をきってそれをかわそうとするが、向こうの船はそれでも近づいてくる。

「海賊だ！」

乗客の誰かが叫んだ。その声に、甲板中がざわざわとし始める。

俺も、近づいてきたその船へと目を向けていた。

この客船よりは二回りほど小さい。

しかし、それは向こうのほうが速く、小回りがきくということである。

互いに武器もなく船体をぶつけ合うならばともかく、そうでなければ不利だ。

当然、海賊船のほうは武装している。

対して客船であるこちらに、大砲などは積んでいないと思う。

そもそも、自国内を移動する航路だということもあって、戦闘は想定されていなかった。

護身用程度の武器はあるのかも知れないが、それでどうにか出来るとは思えない相手だ。

「ご安心ください！」

しかしそんな中でも、船員は声を張った。

「あれは海賊のようですが、無法者ではありません！」

その声に、乗客たちの注意が向く。気がつくと、船室からもわらわらと騒ぎを聞きつけた人々が現れており、甲板は初日のような賑やかさだった。

「あの旗は、我が国の私掠船《しりゃくせん》です。我々には危害を加えません！」

その声を聞いて、一時はパニックに陥りかけていた客たちが落ち着いていく。

「船が近づいていますが、このまま交渉を行えます。皆さんは船室に戻っていてください」

そう言って、向こうの船を出迎えるように歩いていったのはきっと、船長なのだろう。

人が多くてはっきりと姿は捉えられないが、状況からそう思った。

私掠船……それはいわば、国家のお墨付きを与えられた海賊だ。海軍旗を掲げて、他国の商船を襲うことがある。味方であれば危険はなさそうだが、俺も詳しくはない。

船室に戻るように――そうは言われたものの、ほとんどの人間はそのまま甲板に残っていた。

やはり不安なのかも知れないし、安全に海賊を眺められるチャンスだとか、そういう野次馬根性によるものかも知れない。

かくいう俺も、幾ばくかの警戒を持って甲板に残っているのだった。

「自国の私掠船なら、問題はなさそう、よね？」

俺の側に来たアミスも、少し不安そうにそう言った。

「ああ。本来ならそのはずだが……」

しかし、戦士としての悪い予感のようなものが、まだ収まらない。

こちらの客船は、それなりの規模だ。乗客も単なる定期便よりはずっと、裕福な者が多い。

私掠船というのが果たしてどの程度まで、自国の規範を守っているものなのか……。

本来なら、彼らの得物は他国の客船や貨物船なのだろう。

自国の船へ近づくのは、手間でしかないはず。

だとすれば、こんな行動自体をとらないのではないだろうか？

それがこうして、わざわざ接触をはかってくるのが、良いことだとは考えられなかった。

無論、船長の言うとおりになって、取り越し苦労で終わる可能性もあるだろう。

海上で船を見かけること自体がそう多くないのだし、ひとまず総当たりで近づいてくることもあるのかも知れない。

そうしている内に私掠船が接近し、橋をかけてきた。

そこからぞろぞろと、いかにも海賊といった出《い》で立《た》ちの者たちが乗り込んでくる。

「私が船長だ。こちらは、ペッカートゥムの客船である」

船長がそう言うと、海賊の長《おさ》らしき人物が前へと出た。

客船の船長も海の男だ。鍛えられているしガタイもいいが、海賊のほうが荒くれ者だということもあり、さらにひと回り大きく感じられた。

実際には、体格がそこまで違うわけではないのだろうが、威圧感の問題なのだろう。

「出迎えご苦労。こちらはペッカートゥムの私掠船である。他国の船である貴船から、略奪を行うものである」

「いや、だからこちらもペッカートゥムの――」

船長が口を開くのを制するように、後ろから出てきた海賊が、縛られた男を連れてきた。

そして、そのままこちら側の甲板へとその男を転がす。

ぐっ、と低くうめいた男は、そのまま横になって大人しくしていた。

海賊の長はその男を見て、わざとらしい声を上げた。

「おやぁ……？　こいつはペッカートゥムの人間じゃないな？　たしか、敵国のスパイだったはずだ。ということは、この船も異国の客船かも知れないなぁ」

「なっ……なんという」

その行いに船長が驚きの表情を見せたが、海賊は慣れたもので、そのまま言葉を続ける。

「他国の船なら見逃せないな。しかし、軍艦ではなく客船のようだ。大人しく領海違反の罪を認めて和解金を納めれば、我がペッカートゥムの貴族様もお許しになるだろう。見つけたのが俺たちでよかったな。なんせ俺たちは私掠船なんだ。軍艦のように冷酷ではない」

「そんな横暴な――」

「おっと抵抗はするなよ？」

船長を海賊たちが制す。

「大人しく金目のものを出してもらえれば、無事に港までたどり着けるかも知れないんだぜ。俺たちは必要なら血を流すが、別にそれが目的じゃない」

その言葉に、船長は後ずさった。

「全員、うかつには動くなよ」

海賊は客たちにも視線を向けて、そう言った。

「リュジオ」

アミスが小さく俺を呼ぶ。

金目のもの……だけなら問題はさほどないが、荷物をあらためられると都合の良くない部分がある。そこまでわかりやすい証拠はないはずだが、俺たちはいちおうは、反体制組織だ。

叩かれれば、ほこりが出てしまう。

一般人である乗客たちも、海賊の襲撃に怯えている者がほとんどだ。

それが当然だろう。

「しかし、私掠船が堂々と自国の船を襲うなんてな――」

この海域で活動しているということは、そのケツ持ちは間違いなく、近くの港を治めている守旧派貴族なのだろう。

彼らは私掠船が、こうして難癖をつけて客船を襲うのを、上納金目当てに許容しているわけだ。

つくづく腐っているな。

俺はそこで、周囲へと目を走らせる。

乗り込んでいる海賊たちは六名で、数はそう多くない。

海賊という肩書きだけでほとんどの客船は諦《あきら》めるし、それで十分だと思っているのだろう。

集まっている乗客たちが一斉に殴りかかれば、なんだかんだで制圧することも可能だろうに。

しかし戦えば、全員無事とはいかないだろうし、怪我をする誰かが自分になるかも知れない。

乗客に、海賊に襲いかかる気概を期待するのも間違いだ。

海賊を難なく倒せそうなのは――。

俺は集まる乗客の中に、ラグバとその部下らしき者たちを見つけた。

まとまっているのは五名か。

数的にはひとり足りないが、おそらく彼らならば、海賊たちを制圧出来るだろう。実力的には。

しかし彼らの主は、消極的にとはいえ、いちおうは改革派貴族でもある。

海賊たちを前に、降りかかる火の粉を払っただけならば法的には何の問題もないが、それだけでは立ちゆかないのが貴族社会だ。

改革派と守旧派貴族では、その後で厄介な問題になるのは想像できる。

それがわかっているラグバは、歯がみしつつも、大人しくしているようだった。

制圧する力があっても、表だって動くことは出来ないようだ。

目の前で海賊にいいようにされるのは、騎士としては忸怩《じくじ》たる思いがあるだろう。

それに、個人的な意見を言わせてもらえれば。

こうして楽しそうに人を押さえつけ、不当に奪っていく輩《やから》というものに対する憤《いきどお》りがある。

連中が、守旧派貴族の後ろ盾をもつとなれば、なおのことだ。

最近は落ち着いたと言ってもらっている俺ではあるが、今でも故郷を焼かれ、村のみんなを殺されたことに対する怒りは持っている。

この状況で大人の対応をとり続けられるほど、寛容ではなかった。

「乗客の皆さんには悪いが、しばらく大人しくしていてもらおうか。船員はそこに並べ！」

海賊は船員たちを並べて、縛りつけていった。

船長以下、船員たちは大人しくそれを受け入れている。

それは、乗客を危険にさらさないようにという思いもあるだろうし、海賊には勝てないという諦めもあるのだろう。

乗客が混乱して動き出そうとすると、海賊は剣を抜いて振り回し、威嚇した。

その金属の鈍い光に、乗客たちは動きを止めざるを得ない。

それでもパニックが勝り、走り出そうとした乗客に向けて、海賊が剣を振るった。

血しぶきが上がり、駆け出し始めた男がそのまま前のめりに倒れる。

「うかつに動くとこうなるぞ！　いいか、大人しくしていろ。おれたちが満足するだけの金品や物資があれば、お前らが感じる不便は、明日港に着くまでの二食分くらいの我慢で済む」

それは言外に、金目のものが少なければ娯楽として斬る、という風にもとれた。

乗客に緊張が走る。

それでも、ほとんどの客は動くことは出来なかった。

「ふざけやがって……！」

そんな中、ひとりの若者が動く。

彼は腰に下げていた剣を抜くと、海賊へと襲いかかった。

「舐めた真似を！」

海賊はすぐにそれに反応する。

同時に、海賊全員の注意が若者へと向いた――。

俺は駆け出しながら、剣を抜く。

そしてすかさず、背を向けている海賊のひとりを切り伏せる。

「ガッ――」

背中を切られ、よろめいた海賊を蹴り倒すと、今度はほとんどの海賊たちが、こちらへと目を向けた。

俺は不敵に笑い、剣についた血を払う。

その動作で海賊たちの中には、思わぬ反抗への驚愕と、仲間が斬られたことへの恐怖が浮かぶ。

それらは本来ならば、すぐに怒りや警戒、戦闘への意識に塗り替えられるものだ。

だが海賊とはいえ、一瞬、不安や恐怖を抱くのは人間なら避けられない。

そして俺には、そので一瞬で十分だった。

スキルを使う。

【増強】――真っ当な使い方をする場合は、味方の能力を上げるバフスキルだ。

俺がかつて、サポート型の騎士としてそれなりの期待を寄せられていた根拠である固有スキル。

復讐を誓って以後は、鍛えに鍛えて、強化された。

今ではこのスキルは、味方の能力のみならず、様々なものを【増強】させられる。

それはこの瞬間、海賊たちに浮かんだ「恐怖」という感情であってもだ。

海賊たちは瞬時に、俺に対する怯えで動きが固まる。

荒事には慣れているはずの自分たちが、たったひとりに感じる謎の恐怖。

その恐怖につけ込み、俺は素早く駆け抜け、彼らの利き腕を切りつけて武器を落としていった。

「こいつ――!」

最も若者に近かった海賊は、こちらを確認していなかったために恐怖の増幅もなく、動くことが出来たようだ。

しかし、だからといって一対一で俺を止めることは出来ない。

もう一度、【増強】する。

今度は本来の使い方で、自身を強化した。

俺は通常よりも何倍も素早くその距離を詰め、そのまま剣を振るう。

瞬く間に六人を切り伏せた俺は、後ろへと声をかける。

「まず船員を解放しよう。あとは、こいつらを縛りつけておいてくれ」

そして海賊の長だけは自分で縛り、その身体を持ち上げる。

「クソッ、お前、こんなことして――」

「それはこっちの台詞だ。私掠船であることを笠に着て、自国の船を襲うなんて最低だ。お前の大好きな貴族様だって、このまま役人に突き出せば、お前たちを切り捨てるだろうよ」

「ぐっ――」

お目こぼしをしてはいても、それはあくまで、上納金のため。利益を狙ってのものであり、私掠船側が、さきほどの異国人のような言い訳を用意していたからだ。

奪い去った後で貴族とは「スパイの証拠もあるし、気づかなかったなら仕方ない、次から気をつけるように」といった、白々しいやりとりが行われてきたのだろう。

だが、返り討ちにあえば、ただの犯罪者として突き出されることになる。

しかも今回は、この船にラグバたちも乗っている。

派閥の違う、口止めが効かない貴族の部下を襲ったのだ。

悪徳貴族もかばいはせず、海賊を切って終わりにすることだろう。

残念ながら、これでその貴族自身に何らかのダメージを与えるには至らないが、そこまでは望みすぎだ。

俺は海賊の長を引きずって、彼らの船に乗り込む。

たいした相手ではないと、高《たか》をくくっていたのだろう。間抜け面《づら》で何事かと出てきた連中は、自分たちの長《おさ》を前に驚き、平然とした俺を見てさらに恐怖する。

これで十分だ。その恐怖を増幅させて、俺はまた、残る海賊たちを処理していったのだった。


「助かったよ、リュジオ」

捕らえた海賊たちはを部下に見張らせながら、ラグバが声をかけてきた。

海賊を捕らえたのは、あくまで冒険者……ということにするため、一応は名乗っておいた。そのほうが怪しまれないだろう。

冒険者が率先して海賊を捕らえたことには何の問題もないし、深く追求されることもない。

「しかしリュジオ、私掠船がこんな手口で自国の船を襲っているとはな……」

「このあたりの貴族は、ずいぶんと……」

言葉を濁した俺に、ラグバがうなずいた。

「こういうのがのさばっていると、我が国はどこも同じだと思われる」

守旧派に対して、消極的反対を示しているラグバの主にとっても、こういった彼らの行いは許せないものだろう。だからこそ、少しとはいえ改革派に肩入れしている。ラグバ自身もそのようだな。

「騎士というのは、難しい立場だな」

仕える貴族の都合が第一だ。その方針によって、出来ることが制限されていく。

今回の件にしても、そういった後ろでのやりとりがないのであれば、ラグバ自身が動いて解決出来たのだ。

しかし現実には、黙って成り行きを見守ることしか出来なかった。

「簡単な生き方というのも、あまりないのかも知れないがな」

他の乗客たちが、俺のほうへと寄ってくる。

「先程は、ありがとうございました」

だいぶ身なりが良い。それなりの商人のようだ。

ああいった海賊の被害を、最も受ける層でもあるな。

ひとりが声をかけてくると、ぞろぞろと他の人々も集まってくる。

「ああ、皆さんが無事で良かったよ」

俺は口々にお礼を言ってくる人に、無難な言葉を返していく。

客層を考えるに、海賊が満足するだけの金や積み荷はありそうだから、命の危機があったわけではないのかもしれない。でもそれは結果論だ。無法の海賊に襲われるというのは恐怖だろう。

それに、命だけは奪われないといっても、財産を巻き上げられるのは、かなりの痛手であることに変わりはない。人によっては、人生を左右することもあるだろう。

そうしてしばらく人々の相手をしてから、俺は客室へと戻った。

「お疲れさま」

そう言って、タルヒが俺を出迎えてくれる。

「ずいぶん人気だったみたいね」

彼女は笑いながらそう言った。

「非常事態だったんだし、みんな落ち着かないんだろうな」

「海賊をびしばしやっつけるリュジオ、かっこよかったよ」

そう言いつつものんびりとした雰囲気なのは、性格のせいというより、彼女自身もこういった荒事に慣れているからだ。

昔のタルヒは、普段こそこうしておっとりしていたが、自身が穏やかな分、何かあるとわたわたしがちだったからな。

そんなことを思い出していると、彼女が俺の顔をのぞき込んできた。

「なんだか、失礼なことを考えてる？」

「いや、遠くへ来たな、と思っていただけだ」

「これから、もっと遠くに行くのに」

「ああ、そうだな……」

彼女は少し不思議そうに俺を眺めた。

幼なじみである彼女には、俺の思っていることなどお見通しだ。

だからその不思議そうな様子は、話が飛んだことに対してではなく、俺が急に郷愁にかられたことに対してだろう。

「タルヒ」

俺は彼女を抱き寄せた。

「もう、急にどうしたの？　まだ外も明るいのに」

そう言いながらも、腕の中から熱っぽくこちらを見つめるタルヒ。

彼女は俺の頭へと手を伸ばすと、そっと撫でてきた。

俺はしばらく、温かな彼女を抱きしめていたのだった。

●

船が港に到着するとすぐに、船長が海賊たちを役人へと引き渡していく。

その姿を眺めていると、船員のひとりが声をかけてきた。

「すまないな。海賊から助けてもらった挙句、面倒までかけて」

俺とラグバはあの後も、警戒役を引き受けていた。

「いや、こうしなきゃ、俺も無事にここへたどり着けなかったろうし、仕方ないさ」

「そう言ってもらえると助かる」

他の乗客は順番に降りていくのだが、海賊を捕まえた俺は領兵に事情聴取されていたため、まだ下船の準備も出来ていなかった。

といっても、俺の荷物は仲間がまとめてくれているので、そう大きな問題ではない。

彼らは先に降りて、すでに宿へと向かっている。

しばらくして。俺は顔なじみとなった船員に軽く手を上げ、船を後にして港へと降り立った。

数日ぶりの、揺れていない地面だ。

足元が揺れない。それだけで、なんだか不思議な感覚に陥った。

しかしそれも一瞬であり、すぐに安心感が湧き上がってくる。

やはり、投げ出されたら大変な海と、不安を煽るような波で揺れる状況は、意識せずともストレスだったのだろう。

そんな風に固い地面を堪能していると、こちらを見る視線に気づいた。

「あなたが、海賊を倒してくれた人だよね」

「ああ、君は――」

声をかけてきたのは、ツインテールの少女だ。

たしか以前に、甲板でも見かけたことがある。

「あたしも、あの船に乗っていたの」

彼女は軽い足取りでこちらに近づくと、俺を見上げた。

身長差もあって幼くも感じられたが、それも一瞬のこと。

見下ろした彼女の胸は大きく膨らみ、露出度の高い服でその谷間を見せつけてくる。

そんな女性らしさから目をそらしつつ、彼女について考える。

身なりや雰囲気からは、いいところのお嬢様であることがうかがえる。

しかし、知っている顔ではない。

一応、こういった活動をしていることもあって、ある程度は貴族やその令嬢にも詳しいが、その知識も全てとはいかない。

ノーマークに近い貴族の令嬢だろうか。そんなことを考えていた。

「すごく強くて、びっくりしちゃった。それに、不思議な力を使うのね？」

その言葉に、今度は俺が驚く。

ことさらに隠している訳ではないが、あの状況で俺のスキルに気付くのは、相当なことだ。

戦闘慣れしていないご令嬢が気付いたとなると、かなり鋭い。

その華奢な容姿のみならず、立ち振る舞いや雰囲気からしても、彼女自身に戦闘能力があるとは思えない。

だとすれば、それらを見抜くような固有スキルを持っているか、あるいは、察する能力に長けているのだろう。

「それにお仲間も、かなり手際がいいみたいだし？」

すでに宿へ向かっている仲間たちも知っているのか。貴族であるなら、彼女は優先して早い段階で船を下りていたのだろうし、その分、観察する余裕があったのだろう。

「君は、ひとり旅なのか？」

俺が尋ねると、彼女はうなずいた。

「そう。誰かについてこられるのは嫌だから、ひとりで船に乗ったの」

「なるほどね……」

そう言って目を向けた俺に、彼女は小さく頬を膨らませた。

「あたし、ひとりで外へ出られないほど、子供じゃないのよ？」

背が低いため、子供扱いには敏感なのかも知れない。

「子供じゃなくても……あるいは子供じゃないならなおさら、お嬢様がひとりで出歩くものでもないけれどね」

そう言うと、彼女は怒るべきか喜ぶべきかを迷うような顔を見せた。

意味ありげなもの言いや鋭さはあるものの、本質的にはかなり素直な女の子なのかも知れない。

その直感だけで、プロである俺たちの実力を見抜いたのだろうか？　そんな疑念はあるが、だとしても、そこまではっきりした推測でもなさそうだ。

むしろ、単独で海賊を倒したというところだけに注目したのかも知れない。

俺はそう結論づけると、少し気を緩めた。

「あたしはヴェーリエ。あなたとは……また会う気がする」

そう言って手を振りながら、彼女は去っていった。

不思議な少女だったな……。

割と一方的な会話だったところも含めて、やはりそれなりのお嬢様なのだろう。

彼女が言い残したとおり、俺にもまた会うような予感があった。

「しかし今は――疲れたな」

ひとまずは、宿で休もう。

久しぶりの地面は、安心感とともに、船旅の疲れも思い出させた。

俺は仲間の待つ宿へと向かったのだった。

●

先に着いていた仲間たちが俺の分も部屋をとってくれていたので、すんなりと宿に入ることが出来た。

船は予定どおりの日数で到着した。明日は予定があるものの、今日はゆっくり出来る。

食事をとった後、久しぶりの揺れないベッドへと寝転がった。

波で揺れるのも、慣れればそう気になるものでもないと思っていた。だが、実際にしっかりとした地面を感じていると、やはり落ち着くものだ。

船内と違って揺れない。ただそれだけで、とてもリラックスできそうだった。意識せずとも、揺れる船内では何かしら筋肉を使ったり、意識を消耗したりしていたのかもしれない。

しかし体力のほうはまだ余っており、すぐに眠れる感じではないな。

船室に比べればベッドは大きめであるものの、ひとり用の部屋であり、小さなテーブルと椅子が一脚あるだけで隙間は埋まってしまっている。

ありふれた安宿の一室だった。

飲みに行く気はしないし、近くで軽く身体でも動かそうかと思っていると、部屋のドアがノックされる。

「リュジオ、起きてる？」

尋ねてきたのは、タルヒだった。

「ああ、起きてる」

俺は彼女を部屋に招き入れる。

「やっぱり、陸地は落ち着くよね」

「そうだな」

言いながら、俺はベッドへと腰掛ける。

彼女は椅子をベッドのほうへ向けて座った。

「明日は、こっちのメンバーと会うんだよね」

「ああ、そうなるな」

俺たちは普段、国の中央といえる街を拠点としている。

だが今回のように何日もかけて移動することはよくあるし、むしろ作戦の多くは、中央の街以外で行われる。

この付近にいるのは、多くが情報担当のメンバーだ。

彼らは各地で、守旧派貴族の動きなどを探っている。

そうして集まった情報のおかげで、俺たちは作戦行動を取ることが出来るのだ。

その結果、フレイタージュは改革派組織の中では、とくに目立つ存在となっている。

今回の接触に関しては、彼らが何かをつかんだというわけではない。たまたま通るから、ついでに中間報告を受けておこうというくらいのものだ。

もちろん小さなことであっても、何かを掴んでいるなら聞いておきたい。せっかく仲間の近くに来たのだから、会っておくことで、彼らを安心させることもできる。中央にいる仲間とは違って、あまり最新の情報は入ってこないだろうからな。

守旧派の悪行が目立つようになり、対立の緊張感が高まりつつあるとはいえ、諜報員も人間だ。常に気を張っている訳にはいかない。仲間と会うことで、息抜きすることも重要だろう。

また、今回の俺たちは、フレイタージュを支える伯爵が指名したメンバーでもある。

自身が含まれているのでくすぐったいが、要は組織の中心人物として認められた人員だ。

そういった人間と会うとなれば、諜報員のモチベーションも上がるだろう……という目論見も、組織としてはあるみたいだった。

特にアミスは、レアな医療スキル持ちとして有名な美人なので、隠れファンが多い。

彼女に直接、命を助けられた者はいないだろうが、そういった話は美化されてたくさん流れている。それがいっそう、彼女の人気に拍車をかけているのだった。

「リュジオはずいぶん、いろんな人と話すようになったよね」

ふいにタルヒが、どこか遠くを見るようにしながら言った。

「まあ、必要が出てきたからな」

幼い頃から暮らしていた故郷の村は小さかったし、俺自身はサポート型のスキルしかない、しがない騎士家の次男坊だった。

仕事上のやりとりはあるものの、基本的には直属の上司から命令を受けるだけの立場であり、いろんな役職の人間と話すようなことはなかった。

けれど今は違う。

改革派組織フレイタージュでの俺は、今や戦闘部門においても、ちょっと目立つ存在になっている。作戦の大枠作りは組織が行うが、現場での判断は全て任される立ち位置だ。

当然、各部署との様々なやりとりが発生するし、単純に班単位で動くときにも、メンバーそれぞれには俺が指示を出す。

昔に比べれば、接する人の数はぐっと増えた。

タルヒは、俺の成長を見守るかのように笑みを浮かべている。

昔から彼女のほうがしっかり者でもあるため、そういった反応は見慣れたものだ。

実際、無茶をしがちな俺にとって、そういう視点はありがたい。

特に、組織でも責任ある立場となっている俺には、母のように姉のように、何かあればたしなめてくれる相手は貴重になってくる。

自分で認識している以上に、影響力が大きくなってしまっている部分があるからな。

昔から一緒にいる彼女と話すことで、冷静になり、考えが整理される。それは重要なことだ。

そんな風に思いつつ話していたが、夜の部屋に男女ふたりきりとなれば、することも決まっている。程なくして、俺たちはベッドへと向かった。

彼女は積極的に、俺に身体を預けるようにして、ベッドへと押し倒してくる。

俺はそんなタルヒを抱きとめながら、仰向けになった。

タルヒの爆乳が、むにゅっと、柔らかく押しつけられる。

「ふふっ♪」

彼女は妖艶な笑みを浮かべると、そのまま俺の身体を擦りながら、下へと向かっていった。

柔らかなおっぱいが、胸板からお腹、そして股間を撫でるように降りていく。

爆乳を押し当てられながら、柔肌で刺激されていくと、期待で欲望が膨らんでいく。

「リュジオのここ、ズボンの中で苦しそうにしてる」

彼女は足の間に身体を収め、顔を近づけながらズボン越しに股間を撫でてきた。

タルヒの手がさわさわと、ズボンの膨らみをいじる。

「よくこんな大きいのが収まるよね」

そう言いながらいじってくる彼女は、なんだか楽しそうだ。

「さすがに狭そうだし、脱がせてあげるね」

俺のズボンに手をかけて、一気に下ろしていった。

「下着一枚になると、おちんちんの形がはっきりわかっちゃうね」

彼女は指先でつーっと肉竿を撫でる。

「ふふっ、今、ぴくんって反応した♪」

彼指で肉竿をつまむと、そのまま擦るように動かす。

「もう……ガチガチになっちゃってる……♥」

そしてそのまま、下着を下ろしてしまった。

すでにフル勃起した肉棒が解放されて飛び出す。

彼女は間近でその勃起竿を眺めていた。

整った顔が肉棒のすぐ側にあるのは、なんだか落ち着かない光景だ。

観察される恥ずかしさと、美女がチンポに顔を寄せるエロさ。それを同時に楽しむ複雑な感情が混じり合う。

タルヒは顔を寄せながら、そっと肉竿をつかんだ。

「熱くてガチガチ……♥」

うっとりと言いながら、肉竿を軽くしごき始める。

細い指が肉竿をしごいていく気持ちよさに浸っていると、彼女は舌を伸ばしてきた。

「れろっ……」

「あぁっ……！」

突然の刺激に、思わず声をあげてしまう。

温かく湿った舌が、先っぽを軽く舐めてきた。

「ぺろっ、ちろっ……」

彼女は肉竿を舐めながら、上目遣いに俺を見る。

「気持ちいい？」

「ああ」

「ふふっ、じゃあ、もっとしてあげる……れろぉ♥」

素直にうなずくと、彼女は笑みを浮かべて、大きく舐め上げてくる。

「ぺろっ……れろっ……」

彼女の舌が、亀頭を中心にして舐め回してきた。

舌を伸ばす表情がとてもエロく、敏感な部分を舐められる気持ちよさもいい。

俺はすっかり、そのご奉仕に身を任せ、快感を堪能していった。

「れろっ……ん、ふぅっ……」

彼女の吐息が軽く肉竿をくすぐる。

それもまた、艶めかしくて興奮を煽ってきた。

「れろっ、ちろっ……ね、リュジオ、これはどう？　あむっ♪」

「うぁ……」

彼女はぱくりと肉竿を咥えた。

「じゅぷっ。れろれろっ！」

唇でカリ下のくびれ部分を挟み込みながら、口内で舌が動く。

舌先が裏筋を擦り、快感に声が漏れた。

「タルヒ、それっ……」

「ん、気持ちいいんだね。ぺろろろっ！」

俺の反応を楽しみながら、彼女がさらに舐め回してきた。

「あむっ、じゅぷっ……おちんぽをもっと、んむっ……深く咥え込むようにして……じゅぷっ、ちゅぱっ♥」

「ああっ……！」

彼女が大きく肉竿を飲み込んでいく。

幹の中程までを口に迎え入れられ、肉竿を温かな粘膜が包み込んだ。

そして舌が肉棒を舐め上げて、膣内とはまるで違う刺激を与えてくる。

「んむっ、ちゅぱっ……♥」

肉棒を咥え込んで、ご奉仕しているタルヒの姿。

そのエロい姿に、欲望は膨らむ一方だった。

普段は穏やかな印象の清楚な美女。

それが俺のチンポを、大胆に咥えているのだ。

「うっ……」

魅惑の光景と、与えられる鋭い快感。

この気持ちよさをもっと味わおうと、俺は意識して射精を抑えようとする。

「おちんぽ咥えられるの、気持ちいい？」

「ああ」

「ん、そうなんだ♥　じゅぽっ、ちゅぱっ♥」

彼女は楽しそうに肉竿をしゃぶっていく。

女性の積極的でドスケベな姿は、オスとしての優越感をもたらしてくれる。

「じゅぶじゅぶっ、れろ、ちゅぱっ♥」

タルヒは頭を前後に動かしながら、熱心に肉棒を咥え込んでくる。

その往復のたびに、唇が肉竿をしごいていった。

「じゅぶぶぶっ！」

バキュームを織り交ぜるので、下品な音が響く。

タルヒは頬をすぼめるような、卑猥なフェラ顔になっている。

その小さな口から、自身の肉竿が出入りするのがたまらない。

視覚、聴覚、触覚のあちこちから性感を刺激されて、俺は限界が近かった。

「ん、ちゅぅっ♥　気持ちよく感じてるリュジオを見てると、もっともっと、おちんぽしゃぶりたくなっちゃう♪」

タルヒはそう言うとまた、バキュームを混ぜたフェラを続けていく。

「じゅぼぼっ！　れろっ、ちゅぷっ、ん、じゅるるるるっ！」

「うぁ、もう、出る……タルヒ！」

俺が呟くと、彼女は小さくうなずいて、さらに激しさを増していった。

「ん、じゅぶじゅぶっ！　ちゅぱっ、れろれろっ、じゅる、ちゅぱっ！　んぅっ、じゅぶぶっ、ちゅぅぅぅぅっ♥」

最後に勢いよくバキュームされながら、俺は射精した。

「んんっ!?　ん、じゅぶっ！」

彼女は飛びし出した精液をそのまま口で受け止め、飲み込んでいく。

「んく、ん、ちゅぅっ、ごっくん♪　はぁ……♥　あふっ……濃いのが、いっぱい出たね♥」

精液を飲み終えた彼女は、ゆっくりと口を離した。

解放された肉竿は、彼女の唾液でいやらしく光っている。

「そんなに喜んでくれると、わたしも嬉しいな」

そういう彼女の笑みは女神のようでもあり、先程までのドスケベな姿とのギャップがすごい。

しかし、そんな女神の微笑も、またすぐに淫靡なものへと変化する。

「ね、リュジオ……」

彼女の手が射精直後の肉竿の下——俺の陰嚢へと伸びる。

そして手のひらで、そこを持ち上げるようにした。

「まだこのタマタマの中に、精液、いっぱい残ってるよね？」

言いながら、彼女の手が優しく優しくを包み込み、軽く握る。

「ここに入ってるの、ぜーんぶ出しちゃおうね？」

タルヒの手が、ふにふにころころと睾丸をいじった。

刺激することで、新たな精子を作り出そうとしているかのようだ。

「次はわたしのここで、ね？」

そう言うと、彼女は身を起こして、自らの股間へと手を当てた。

そして衣服をたくし上げ、女の子の秘められた場所を守る小さな布をあらわにする。

彼女のそこは、もう下着越しでも濡れているのがはっきりとわかるほどだった。

チンポを咥えながら感じていたのだと思うと、それもまたエロく、俺の欲望をくすぐる。

タルヒは下着をずらすと、濡れたおまんこを俺へと近づけてくる。

そんな風に誘われて、応えない男はいないだろう。

彼女は自分から俺の肉竿をつかみ、それを自らの膣口へと誘導していった。

「ん、はぁっ……」

そのまま、俺に跨がるようにして、肉竿を受け入れていく。

ぬぷっ、じゅぶっ……。

愛液のぬかるんだ音を立てながら、蜜壺が肉棒を咥え込んでいった。

「ん、はぁっ……♥」

割れ目が亀頭に押し広げられ、その内側へと肉棒を隠していく。

「あっ♥　ん、はぁっ！」

彼女が腰を下ろすと、熱い膣襞《ちつひだ》が肉竿を包み込んだ。

騎乗位のかたちで繋がり、俺はそのままタルヒを見上げる。

元々、露出高めの服が着崩れ、その白い肌がすっかりあらわになっている。

跨がる彼女の足は大きく開かれ、おまんこが肉竿を咥え込んでいるところまではっきりと見えた。

「ん、しょっ……はぁ、ああっ……♥」

その光景に見とれていると、彼女が腰を動かし始める。

蠢動する膣襞が、肉竿をキツく扱き上げた。

「あふっ、リュジオの、んっ♥　太いおちんぽが、わたしのアソコを押し広げて、ん、はぁっ、あっ！」

動き始めた彼女は、その蜜壺で肉竿を咥え込み、喜んでいるようだった。

「あっ、ん、はぁっ……」

膣内がうねり、肉棒を刺激する。

彼女はすぐにペースを上げ始めた。

「んくぅっ、あっ！　ん、はぁっ、あふっ……」

それだけ興奮しているということなのだろう。

フェラは俺にとっては素晴らしいご奉仕だったが、彼女にとってはチンポを舐めつつも、おあずけをくらっている状態だったのかも知れない。

「んっ♥　あっ、はぁっ、んぁっ！」

その分のご褒美を求めるかのように、タルヒが俺の上で大胆に腰を振っていく。

うねる膣襞が密着して、肉棒を丁寧に扱き上げる気持ちよさ。

さらには、爆乳が弾んでいるのもよく見える。

ゆさっ、たゆんっと揺れるおっぱいはエロく、視線を引き寄せられてしまう。

「んぁ、はぁ……リュジオのおちんぽ、わたしの中でいっぱいビクビクしてるっ……♥」

嬉しそうに言いながら、腰を振るタルヒ。

俺はその気持ちよさに流され、身を委ねていく。

「ああっ、ん、ふぅっ……リュジオ、ん、ああっ！」

俺の上で乱れていくタルヒ。

身体の動きに合わせて弾んでいる爆乳おっぱい。

そのエロい光景に目を奪われていると、おまんこのほうが肉棒を擦り上げてきて、意識を再びそちらへと引き戻される。

「あふっ、ん、はぁっ♥　ああ、いいっ、ん、あぁっ！」

大胆な腰振りで、どんどん高まっていく様子の彼女。

蠕動する膣襞が、きゅっと締まりながらチンポを扱き上げる。

「ああっ♥　ん、はぁっ、リュジオ、ん、あふっ♥」

俺を呼びながら、腰を絶え間なく振っている。

その表情を見ようとしたが、位置的に、大きな爆乳が彼女の顔を隠してしまう。

俺はそのたわわな果実を、下から持ち上げるように揉んでいった。

「んあぁぁぁっ♥　おっぱい、そんな風にもみもみしちゃ、だめぇ♥」

彼女はそう言いながらも腰を屈めて、俺の手に胸を預けてくる。

「んはぁっ♥　あ、ん、おまんこ、んぁっ、リュジオのおちんぽにズブズブされながらぁっ♥　んぁ、おっぱいまで触られたら、わたし、んはぁっ！」

タルヒは嬌声をあげて乱れていく。

自ら腰を振り、その蜜壺で肉竿を扱きながら、おっぱいを弾ませていく騎乗位の淫らさ。

俺は柔らか爆乳を揉みながら、蜜壺の奉仕をもっと味わうべく腰を突き上げた。

「あぁぁあっ♥　リュジオ、んぁ、ああっ♥　わたし、もうイクッ！　ん、あっ♥　あふっ、はぁっ、あうっ！」

「ああ、イっていいぞ」

俺もそのまま腰を突き上げ続け、彼女の乳首をきゅっとつまんだ。

「んくぅっ♥　イクッ！　乳首とおまんこ、気持ちよくてイクゥッ！　んぁ、あっあっあっ♥　イクイクッ、イクゥゥウウウッ！」

「うぉっ……！」

どびゅびゅっ！　びゅくびゅくんっ！

彼女が絶頂を迎えて、収縮する膣内が肉竿を一段と強く締め上げた。

その気持ちよさに、俺も耐えきれず射精する。

「んはぁぁぁっ♥　熱いの、あぁっ、びゅーびゅー出てるぅっ♥」

絶頂おまんこに中出しを受けたタルヒが、気持ちよさそうに嬌声をあげていった。

俺はそんな痙攣する膣内に、精液を残さず搾り取られていく。

「あぁっ♥　ん、はぁっ、あぁ……♥」

射精を終えた肉竿に、まだまだ膣襞が吸いついてくる。

絶頂の余韻に浸るタルヒと、その膣内。

タルヒは上半身を前へと倒し、俺の身体に手をついて、荒い呼吸を整えながら見つめてくる。

こちらへと迫る爆乳と、行為後で赤らんだ彼女の顔。

そのエロい姿は、普段ならすぐにでも襲いたくなるくらいだったが、さすがに二回搾られた後だ。

俺は彼女を抱き寄せると、そのまましばらくは、ぬくもりを感じていたのだった。

# 第二章　街からの脱出

翌日になり、俺たちはこの地で情報を集めている仲間たちと合流する。

場所は街中のカフェ。そのオープンテラスだ。

内密な話なら奥まった席のほうがいい……ということもあるが、存外、雑踏に紛れたほうが注意を集めにくい場合もある。

それに、本当に大切な会話は口頭では行わない。

俺たちは広場近くのカフェで、先に来ていた現地の諜報員と同じ席に着いた。

「船旅はどうだった？」

「それなりの船に乗ると、ずいぶんと快適だな」

「ああ、安さを売りにしている船は、揺れもひどいしな」

無論、そうも言っていられない状況は多々あるのだが、少なくとも今回は、金銭的にも日程的にも、そういったちょっとした贅沢が出来る余裕はあった。

とはいえ、活動資金が余っているというわけではなく、伯爵に会いに行くのが、それだけ重要な任務だからだ。

「海賊に襲われたのだけは、トラブルといえるな」

「ああ、ちょっと騒ぎになってたな。なんでもその海賊が――」

そういって言葉をぐぎった彼は、声をひそめて続けた。

「私掠船だったとか」

いかにもナイショ話だといった感じで、顔を寄せてくる。

それは自然な流れではあるが、この若者の演技だ。

戦闘が任務の俺とは違い、守旧派貴族の領地に潜入して過ごす彼らのほうが、そういった繊細さに長けている。

小声で顔を寄せるようにした彼――ではない隣の若者が、メモを密かに手渡してくる。

俺はそれを受け取り、そのまま袖の中へと隠した。

「そっちは、最近はどうだい？　近況とかさ」

「ああ、特に変わったことはないよ。でも、最近は港が賑やかだな。なんでも、土地開発のための貨物が多いっていわれてる」

「へえ、それなら、この街は景気がいいのか？」

「いや、港から領境のほうへ運び込まれてるみたいで、こっちの景気は変わらないね。港の人は儲かってるのかも知れないけど」

「なんだ、せっかくならこっちが盛り上がってくれればいいのにな」

土地開発か――。ずるずると腐りながらも最低限の平和を維持しているこのあたりは、すでに開発できる領地は使い切っていると聞く。

それは、隣の貴族領であっても、さほど変わらない。

つまり開発用として運び込まれている資材には、なにか別の使い道があるということだな。

それが、守旧派貴族やそこに群がる商人たちの小遣い稼ぎみたいなものなのか、或いはもっと大きな何かをしようとしているのか。

この国はいよいよ行き詰まり、改革派守旧派ともに、そろそろ動きを見せるしかない段階にさしかかっている。

守旧派のほうでも、この閉塞感は承知している。

国家の権益を巡って、自分たちの延命のための何かを仕掛けてくる、というのは十分に考えられることだった。

詳細はまだつかめていないということなので、彼らには引き続き、この街で調査をしてもらうことになった。

かつては俺のように直接大きな被害を受けた者や、一部の知識層にしか危機感はなかった。

しかし、国全体として現状が、いよいよ立ちゆかなくなってきている。悪徳貴族の行いは、耐えがたい苦痛を民に与えている。改革派としても、もう見過ごせない。黙っていては不満が爆発し、国としての体制が維持できない。そうなれば、外国の侵略を許してしまうだろう。

そのことが、一般の人々にも感覚として分かるようになってきていた。

けれど、それを感じ取ったところで、実際に動くことは出来ないというのが大半の人間だ。

日々の生活や目先のことで手一杯だという側面もあるし、そもそも、武力を持つ者に立ち向かうのは、決意や勇気だけでは難しい。それは俺自身も痛感した事実だ。

しかしいつかは、民の我慢も決壊する。何かのきっかけで爆発する前段階かもしれない。

そんな不安も高まるが、俺たちが今するべきことは変わらない。

報告を受け終えた俺たちは、このまま街を出て、伯爵が待つ目的地へと向かうことになった。

●

宿に戻り、出発の準備をしていた俺たちだったが、どうも外が騒がしい。

「ああ、お客さんたち、どうも面倒なことになっていましてね」

「どうしたんだ？」

声をかけてきた宿屋の従業員に尋ねると、彼は不安をにじませながら言った。

「なんでも、街の出入りを封鎖するとかで」

「封鎖？」

「ええ、街中にも騎士や兵士が歩き回って、なにやら探しているようなのです。日が暮れる前に封鎖が終われば出発できると思いますが、どうなるかわからないし、数時間は無理そうですよ」

「困ったわね……」

隣で聞いていたアミスが、考えるようにしながら言った。

従業員は、伝えましたよ、と言って仕事へと戻っていく。

俺たちは集まって、どうしたものかと考えた。

「ちょっと見てくるよ。場合によっては、話を詳しく聞いてくる」

そう言って、同行していた仲間のひとりが街へと出た。

「大丈夫かな……」

残ったメンバーが、不安そうな声を出す。

「まあ、今のところは危険はなさそうだが。俺たちを探している訳ではないだろうし」

「そうね。もしそうなら、港の時点で引っかかるだろうし」

「しかし、厄介なことになりましたね」

会見のスケジュールがギリギリというわけではないものの、この場で足止めされるのはあまりいい状況ではない。

聞いたとおりに数時間で封鎖が解かれればまだいいが、場合によっては何日も、という可能性もゼロではないだろう。

俺たちに限ってみても困りごとだが、問題はそこだけではない。

「数時間前に会ったばかりだが、こっちの諜報員と話したほうが良さそうだな……」

そう言っている間に、町へ様子を見に行っていた者が戻ってくる。

「どうも、思ったよりも長引きそうだぞ」

「そうなのか……」

「かなりの数の衛兵が見回っている。接触自体は平気そうだったから、少し話も聞いてきた」

そう言って、彼は続ける。

「といっても、詳しい事情は教えてもらえなかったけどな。封鎖の期間は不明だそうだ。だが、犯罪者を探してるとか、そういう感じではなかったよ」

「ほう……完全に別件なのかな？　なら安心だが」

「見た感じだけだが、戦闘があるようなきな臭さはなかった。どちらかというと、連中にとっての要人を探している様子だったな」

「貴族の誰かが、いなくなったとか？」

「捜索しているのに、住民には特徴も名前も明かさないところを見ると、本来ならここにいるべきではないような要人なんだろうな……。別件とはいえ、何か大きな動きがあったのかも知れない」

俺たちが探されているわけではないというのは良いことだが、不確定要素が増えたのは悪い知らせだ。

俺たちはどのみち、できるだけ早くこの街を出る。厄介事は避けたい。

少し相談して、次は俺が、街の外に続く街道を見に行くことになった。


境界となる位置には警備兵が集まり、街道への出入りを監視していた。

あまり近づきすぎないよう、様子だけを確認する。

封鎖と聞いたが、見たところでは簡単に柵のようなものが設置されているだけで、ガチガチの警備体制というわけではなさそうだ。

しかし、警備兵に不審がられないような距離だと、やはり情報が少ない。

俺は身体能力を【増強】させると、建物の上へと上がり、隠れながらさらに近くへと寄っていった。

上からだと状況がよくわかるのに加えて、向こうはあまり上部を警戒していない。

そのため、平地よりぐっと距離を詰めることが出来た。

どうやら、この場に詰めているのは五人ほどだ。

内側を特に警戒している。探している要人を連れ出されないように、ということだろうか。

あるいは、人ではなく何かしらのアイテムなのかもしれない。

何にせよ、探しているのは俺たち反乱分子の存在ではなさそうだ。

たしかに兵士たちは巡回し、何かを探している。だが、街から出る者を止めてはいるが、正式に通行止めのお触れが回っている訳ではないようだ。対応が、どうにも曖昧だった。

これなら、やりようによっては、強引にでもいけるだろう。

俺はその場を離れて、宿へと引き上げていくのだった。

●

兵士の巡回が増えたので、先程のカフェとは違い、路地裏で秘密裏に諜報員と顔を合わせた。

薄暗い路地裏は人気もなく、出入りするところさえ見られなければ安全だろう。

聴覚などを【増強】させて探っても、こちらを監視している気配はない。

「まずい状況みたいだが……大丈夫だろうか？」

彼らは、不安そうに声をかけてきた。

街で情報を集める彼らは、動きの多いときほど危険だ。

「いや、今回の件は、こちらを探ってのものじゃない。おそらく守旧派にとって重要な者に逃げられないように、という雰囲気だった」

詳しい事情はわからなくとも、街を見回る兵士の様子から、ある程度のパターンは想定できる。

もし改革派を捜すためなら、もっと空気は荒くなっているだろう。

「だが、長引くと……」

「ああ、そうだな」

今はまだ、組織の仲間を捜しているわけではない。

しかしこういった閉鎖が長引けば、次第に内側へと目が向き、不審者を詳しく調べるようになっていく。そうなれば、潜入している彼らが疑われるリスクは高まっていくのだ。

街中を探られるような問題を起こさないことが重要だ。それに、出発はもう遅らせられない。

なるべく彼らに迷惑が掛からないよう、早く街を出たほうが良いな。万が一にも俺たちが検問にかかり、何かしら疑われるのは好ましくない。

どのみち守旧派貴族の領地を目指しているから、逃げ込んでしまえば何とかなるだろう。

兵士たちの目的は不審者の捜索ではない。話した感じからも、きっと明確な特徴のある相手なのだ。それなら、俺たちが強引に街を出る程度では、多くの追っ手はかからないと思う。

「俺たちは、何日もここに足止めされている訳にはいかない。街の外へ出るのが違法になる前に、突破するよ」

「それは……」

一時的には騒ぎになるだろう。だが、逃走自体は成功するはず。

何かあれば、俺を囮にしてもいい。優先してアミスたちを逃がせば問題ない。俺は【増強】を使えば、牢を抜けることだって容易い。

スポンサーの伯爵に会うにあたって、最も替えがきかないのがアミスだ。

戦闘要員の俺なら、事情を話せば今回の会談にいなくても許容範囲といえるだろう。

最悪のパターンはこのまま全員足止めを食らうこと、その結果として、俺たちも現地の仲間も改革派組織だとばれてしまうことだ。

それに比べれば、街からの脱出は、すぐにやるべきだと思う。

「しばらくは大人しくしていてくれ。新たな情報集めも、安全に出来そうになってからでいい」

「こっちはむしろ助かるが……」

「俺たちはどのみち、何があっても行くしかないんだ」

どうとでもなる、はずだ。

そうと決まれば、すぐにでも動いたほうがいい。

俺たちは現地の仲間と別れて、出発の準備をする。

荷造りはすでに終わっている。あとはこの街を突破していくだけだ。

●

まず俺は、馬に【増強】をかけて脚力や体力を強化しておく。

その【増強】馬車で、強引に突っ切っていく計画だ。あの程度の柵なら問題ない。

しっかりと建設された塀とは違い、通行止めというアピールでしかなかった。

いざ強引に突っ切ろうと思えば、簡単に突破できてしまうだろう。つまりは、相手もそこまでのつもりではないということだ。やはりこの警戒態勢の対象は、荒事をするような存在ではない。

貴族などの要人を捜している。そんなところなのだろう。

問題は、警備についている兵士がどの程度真剣に追ってくるか、だな。

【増強】しているとはいえ数名が乗った馬車だから、もし馬に乗って追ってきたならば、執念深く追われた場合は追いつかれる可能性もある。

ただ、直前にもう一度見た感じでも、そう多くの兵士が詰めているわけではない。警備体勢が今以上に厚くなる様子もなかった。少数の追っ手なら、逃げ切れるとは思う。

何か、もしくは誰かを探してはいるものの、強引にでも攫《さら》うとか、奪うとかを前提に動いている感じはしない。単に、それが街から出るのを可能な限りは防ごうとしている、という程度だと予想している。

それが甘い見通しであるかどうかは……やってみるしかない。

改革を目指す組織だといえば立派なものに聞こえるが、実際ところはまだまだ小物だ。スポンサーの伯爵の支え無しに、組織単独では貴族とは事を構えられない。この街の領主は大物ではないが、どんな事態にも、まずは体当たりで挑むしかないのが当然なのだ。

今回も、なんのこともない。

いつも通りの無茶を通すだけだ。

どのみち、俺たちの活動は裏のものなのだから。この国が変わるまでは。

「大丈夫だよ、リュジオ」

タルヒが俺の側で優しく言った。

「ああ、もちろんだ」

俺は小さくうなずく。

「何があっても、リュジオなら切り抜けられるから」

「そうかな」

まっすぐに言ったタルヒにそう返すと、彼女はうなずいた。

「あれからずっと、リュジオはそうだよ」

故郷が焼かれた日。

復讐を誓った俺は、サポートスキルでしかなかった【増強】を成長させた。

それからは盲目的に、復讐に邁進する日々だった。フレイタージュで女医のアミスと出会い、その精神的な治療を経てやっと僅《わず》かな平穏を取り戻した。――だからこそ、戦闘担当の中で一目置かれるような存在になっている。復讐心だけでは、為し得なかっただろう。

成果を積み重ね、レアスキルの持ち主であるアミスと並んで、伯爵からも顔を見せてほしいと声をかけられたほどになった。

十年前は守旧派が圧倒的だったこの国も、今は変わってきている。誰もが、変わらなければと思い始めている。いよいよ、あちこちが動き出す気配を見せていた。

過去の苦労に比べれば、街の脱出くらいはたいした問題じゃない。

「タルヒ……」

「んっ」

俺は、彼女をそっと抱きしめた。

タルヒはそのまま、こちらを抱き返してくる。

温かさと柔らかさが、俺を落ち着かせた。

彼女は俺の背中を撫でてから離れると、馬車へと向かっていった。

馬車はやや大きめのもので、二頭曳きだ。

複数の馬で曳く馬車は、サイズが大きく出来る反面、操るのが難しい。

今回は【増強】によって通常以上に速度が出るので、なおさらだ。

しかしこちらには今、そんな馬車を操縦できる仲間もいる。

伯爵と顔を合わせるために、組織内でも中心の仲間を集めていたのが功を奏した。

俺たちは逃走ルートを含めた最終確認を行い、出発する。

御者となった仲間も、最初は何食わぬ顔で馬車を柵へと近づけていく。

「ドキドキするわね」

馬車の中に座る俺に、アミスが言った。

彼女は医者である。改革派組織にいる以上、荒事にも慣れてはいるが、こんな最前線に参加する機会はほとんどない。

そのため、不安に思うのも当然だ。

「衝撃が来るだろうから、舌を噛まないように。後はしっかり座っていれば、気にすることはない。

アミスは、酔う方じゃなかったよな」

「ええ。乗り物酔いはしないけど……」

彼女の不安がそこでないのは、理解している。少しでも気を紛らわせてやりたかった。

横に座る彼女の手に、そっと触れる。他の仲間も居るが、この状況では気付かれしないだろう。

アミスは俺の意図もわかった上で、笑みを浮かべた。

「ちょっと不器用よ、それ」

「そうかい？」

「こういうときはね」

彼女はこちらへと身を乗り出して、素速くキスをした。

柔らかな唇が一瞬だけ触れて、離れる。

「抱きしめてキスのひとつでもするものよ」

耳元でそう囁いたアミスは妖艶な笑みを浮かべる。

その姿はすっかりと怯えから離れており、俺は小さくうなずく。どうやら大胆さでも、彼女のほうが一枚上手だったようだ。

「覚えておこう」

その間に、馬車は街の外へ向けて、だんだんと速度を上げていく。

街中を駆ける今は、やや速い程度。まだ暴走として注意を受けるほどではない。

「そろそろ一気に速度を上げていくぞ！」

御者を務めている仲間が、外から声をかける。

彼は顔を隠しており、よく見れば不審ではあるが、柵の近くに控えている兵士がそれに気づく頃には、もはや手遅れだろう。

そうして速度が上がっていったとき――。

どすん、と上から衝撃があった。

「えっ……!?」

アミスが驚いたように声をあげる。

「見てみる」

俺は素早く言うと、疾走する馬車から身を乗り出して屋根を確認する。

「……ずいぶんと、おてんばなんだな」

そこには、あのツインテールの少女がしがみついていた。

「あ、あなたたち、街を出るんでしょ……？　あたしも、ぐっ……」

彼女は言葉の途中で、速度を上げていく馬車にしがみついた。

「このまま行くぞ！」

「ああ、問題ない！　いけ！」

俺は御者に声をかけると、少女に向き直る。

「この馬車はもう止まれない。早く中に……」

一瞬、いやな予感はあった。なぜこんなことを？　任務を思えば、適切ではないかもしれない。

「わ、わかったけど、屋根から手を離したら……」

俺は身を乗り出して、彼女を抱えるようにつかむ。

「もう離していいぞ」

「んっ……」

そして彼女をなんとか引っ張り、そのまま車内へと引き入れる。

「はぁ……助かった……」

彼女は、ひと安心、というように息を吐いた。

しかし馬車がさらに速度を上げたので、少女はつんのめるように身体を揺らした。

押さえてやると、しっかりと椅子に座り直す。

「それで……どうして飛び乗ってきたんだ？　いくらなんでも危ないぞ」

あらためて見る。間違いなく、あの少女だ。

昨日、船を下りたときに声をかけてきた茶髪の美少女。

確か……ヴェーリエと名乗っていたか。もし顔見知りでなければ、俺は振り落としていただろう。

彼女は乱れた髪を直してから、こちらに向き直って答えた。

「あなたたちは、街を出るのでしょう？　あたしも連れていってほしくって」

素直に応える様子からは、嘘をついているように見えなかった。

俺は隣のアミスへと視線を移す。

「そうね」

彼女は短く、「それは本当だと思う」と意見を返してきた。こんなとき、医者であるアミスの観察眼は頼りになる。患者の嘘も、すぐに見抜いてしまうのだ。

「どのみち、もう止まれない。いまさら止めたら確実に調べられる。このままいくしかないだろう」

俺はそう言うと、ヴェーリエへ目を移す。

「しっかり掴まっていろよ。柵を突っ切るから」

「ええ、大丈夫。やっぱり、あなたたちも訳ありなんだね……」

彼女はうなずくと、ぎゅっとシートを掴んだ。言いたいことはあるが、時間はない。

こんなときほど、予想外のことは起こるものだ。

あらためてそう感じながらも、しかしこれは、そう悪い展開でもないかもしれないと思う。

単に、俺の直感でしかないが。

どのみちもう、こちらは一度突っ切る以外にない。

街を出て追っ手を振り切りまでは、彼女も連れ回さないといけないな。

馬車は速度を上げ、今やもう、街中で出すべきではない速度に達している。

街道を普通に走るにしても、荷馬車がここまでの速度を出すことなどないだろう。

いよいよ柵が近づき、兵士たちがこちらに気づいた。

「おい、そこの馬車！」

「止まれ、止まれ！」

そう叫ぶ声が聞こえるが、構わずに直進する。

「うわぁっ！」

その勢いで兵士たちは離れ、馬車が柵を突破する。

衝撃で馬車が跳ねたが、そのまま街を脱出した。

「馬は……大丈夫そうだな」

一応は【増強】で強化された馬たちだ。柵との衝突による怪我はなさそうで、俺たちを乗せた馬車はそのまま街から離れていく。

俺は振り向いて確認する。兵士たちが慌てた様子で、こちらを追おうと馬を走らせ始めるのが見えた。

「やはり、馬で追ってくるつもりみたいだ」

御者へ伝える。

「ちっ……そう簡単に見逃してはくれないか。このまま振り切るぞ！」

「ああ、頼むぞ」

馬車は速度を落とさず、街から離れていく。

いくら二頭曳きとはいえ、複数の人間を乗せている馬車よりも、ひとりで馬に乗った兵士のほうが速いのは明白だ。

しかしこちらには【増強】と、相手が追い始めるまでに稼いだ距離がある。

そのまま速度を出して、馬車は兵士から逃げていくのだった。

追ってきている兵士は三人ほどだ。予想どおり少ない。

けれど、おそらくその後ろからも、また増援が来るだろう。

この三人を止まって相手していては、厄介事が増えてしまう。

街道だから見通しもよいし、少し離れていてもすぐに見つけられてしまう。

そうなると、追跡はやまないだろう。

それよりはこのまま走って、三人をまいてしまうのがベストだ。

しかし、【増強】したとはいっても、馬に無理をさせすぎるわけにもいかない。

やはり向こうのほうが速く、距離を詰められつつある。となれば……。

俺は投擲用のナイフを数本つかんで、馬車から身を乗り出した。

視覚を【増強】し、相手を捕らえる。

腕力も上げて威力を増した状態で、ナイフを投げた。

揺れる馬車からナイフを投げるなんて、普通の状態の俺では、どこへ飛ぶかわかったものじゃないだろう。しかし様々な感覚も【増強】したことで、ナイフは正確に飛んでいく。

まずはひとり。

馬でこちらを追っていた兵士がナイフを受けて、馬から転がり落ちる。

致命傷にはしない。殺してしまえば、今後の追っ手が厳しくなる。

まずはひとりが、そのまま視界の向こうへと消えていった。

それを見て、残るふたりはこちらを警戒する。

しかし、追いかけながら小さなナイフを避けるというのは、かなりの乗馬スキルを要する。

避けるために速度を落とすなら、このまま振り切れる。そうでなければ、ナイフで落とす。

再び俺がナイフを構えると、兵士は速度を落としていった。

「よし……」

その隙に、こちらは先へと進み、兵士たちを引き離していく。

再び速度を上げようとした兵士にナイフを投げると、狙われた兵士は大きく進路を変更して、街道の脇へと逸れていった。茂みに隠れるつもりだ。

残るひとりもそれを見て、単独での追跡は無理と諦めたのか、そのまま視界の向こうへと消えていく。

念のため、俺は視覚を強化したまま、しばらくは追って来ていないかを見張る。

どうやらもう、兵士たちは追ってはこないようだ。

そのまま逃げ続け、十分な距離を稼いだところで、馬車は森の中へと入っていった。

「ここまでくれば、大丈夫だろう」

どうやら、追っ手はなんとかまけたらしい。

「上手くいったな」

「ああ」

テンション高く言う御者に応えて、俺は馬車の中へと戻った。

追っ手を完全に振り切ったので、馬車は速度を落としていく。

そこでようやく、俺はヴェーリエに向き合った。

「落ち着いたし、話を聞こうか」

彼女はこちらを見つめ、少し考えるようにした。

「馬車に飛び乗ったのは、あたしもあの街から出たかったから。ほら、なんだか急に、封鎖されちゃったじゃない？」

「ああ……理由はよくわからなかったが、封鎖されていたな」

俺はそう言って、彼女を眺める。やはりこれは、少々やっかいな事態かも知れない。

見たところ、いいところのお嬢さん、といった風貌の彼女。

それがひとりで船旅をしていたというのが、まず不思議なところではあったが……。

商人にせよ貴族にせよ、彼女が金持ちの娘なら、旅にはお付きの人間がいるはずだ。

彼女自身がすでに商売や仕事を行っているなら、先輩か部下といるのが自然だろう。

美少女がひとりきりであちこちを回っている、というのはかなり特殊だ。

そして彼女からは、そこまでのオーラを感じない。

旅が初めてだということはなさそうだが、ひとり旅に慣れているといった空気もない。

だからこそ、馬車に飛び乗るような思い切りの良さは、すごいものだったと思う。

「そんなときに、街から出ようとしてるあんたたちを見つけたから、これなら一緒に出られるかもって思ったの。衛兵に飛び込むとまでは思わなかったけど」

まあ、あの時点ではまで、そこまでの速度ではなかった。便利な乗り合い馬車程度に思ったのかもしれないが……。

「……どうして、俺たちが強引にでも街を出るとわかったんだ？　あそこで飛び乗ってきたってことは、速度を上げる前から、飛び移るのにちょうど良いポイントで待ち構えていたってことだろう？」

そう尋ねると、彼女はどう言っていいか悩むような仕草を見せ、少し間をおいてから口を開く。

「なんというか、勘、みたいなものよ。あたし、なんとなくそういうの、わかるの」

彼女はそう言って、こちらをまっすぐに見つめた。

その目はとても澄んでいて、どこか神秘的な色があった。

しかし真偽のほどはわからない。本当のようでもあり、演技のようでもある口ぶりだ。

スキルに近い能力だと考えれば、それ自体はありえる。

「なら、それはもういいとして……なぜ、ひとりで街を出ようと思った？」

「そうね……」

彼女は短く言う。少し迷っているようだ。

「船のときも、本当にひとりで？」

さらに聞くと、ヴェーリエはうなずいた。

「船くらい、ひとりで乗れるわ」

「そうか」

ヴェーリエはそこで黙ってしまい、それ以上の情報を付け足そうとはしない。

それは「聞かれたことしか答えない」というような態度ではなく、言いたくないことがあるという感じに思われた。

だますためというよりは単純に、誰に対しても言いたくはない、といった雰囲気だ。

これまでのやりとりや様子を考えても、ヴェーリエは俺たちを追ってきたとか、危害を加えようとか、そういう相手ではなかった。

おそらくここまでの発言に関しては、隠す必要もなく本当のことを言っている。

隠したがっているのは主に、彼女自身の境遇の部分だ。

言ってしまえば、家出娘といった雰囲気だが……それも違和感がある。

もっと明確に、誰かから逃げている？

ひとりで逃げ出し、だからこそ、それに関しては口をつぐむ。

その、逃げ出した相手が誰であるかが問題だ。うすうす感じてはいたが、まさかあの検問は……。

「……俺たちは、街ではもう止まれなかった。連れてきたのは、仕方なかっただろう。ヴェーリエもう、あそこに戻るつもりはないんだな？」

「ええ、もちろん。助かったわ。それと、ごめんなさい……」

そう言って彼女は頭を下げた。

「あたしの都合で、勝手に飛び乗って」

「あまり、ああいうことをするものじゃない。……危険だしな」

俺たちは反守旧派貴族の組織であり、この国を支配する多数派とは敵対関係にある存在だ。

たまたま面識があり、彼女が俺たちとは無関係だと知っていたからいいが、状況次第では追っ手と判断して攻撃していたかもしれない。

「とりあえず、次の町まではこのまま一緒にいこう」

すでに街を大きく離れ、貴族領を跨《また》いでいる。追っ手も直ぐにはこないだろう。

「ありがとう」

しかし、逃げてきたというのはまだいいが、行く当てがあるのだろうか？

隣町で、ひとりで暮らしていくつもりなのか？

もちろん、仕事を見つけなければいけないから、何かしらの能力は必要だが、どうなのだろう。

次の街は、大きさとしては並といったところだ。

住みやすい街ほど、そこで暮らしていくために必要なお金は多い。しかし、この辺りは移住者には寛容だと聞いている。改革派側の領地に近いからだ。

土地柄にもよるが、暮らしていくだけなら、この辺りではそう難しいことではない。

守旧派の悪徳貴族は、領民も自分の財産と見なし、勝手は許さない。逆に、改革派側では自由な交易なども認め始めており、領民たちの閉塞感は消えつつある。

俺たちの目的地は、改革派貴族が治める大きな街なので、そういう意味ではさらに受け入れられやすい場所だ。

そこまで連れていくほうが、親切なのかも知れないが……。

戦闘ではなく会合が目的とはいえ、今は作戦行動中だ。

余裕がある訳ではない。

大手を振って歩ける立場ではない以上、目的地などの詳細を明かすこともできない。

「ね、あなたたち……あの……」

そこでヴェーリエが、また言葉を選んでいるかのような仕草を見せた。

「あたしを一緒に、連れて行ってくれない？」

どういう言葉を飲み込んだのか、彼女は何かを省略して、頼み事だけを言ってきた。

「どこか、行きたい街があるのか？　進路次第だから、期待に添えるかはわからないが」

俺が言うと、彼女は首を横に振った。

「そうじゃなくて、あなたたちの仲間にしてほしいの」

一応はこの旅のリーダーである俺の判断なので、彼女を乗せたこと自体には誰からも文句は出ていない。緊急事態だったしな。しかし、この発言は見過ごせない。

「仲間……というと？」

警戒して聞き返すと、彼女はうなずいた。

「あたしも、今のままを……今のこの国が良いとは思っていないから……」

そう前置きしてから、彼女は続けた。

「あなたたちは、最近話題になってる、改革派の組織なんでしょ？」

そのひと言で、車内の空気が変わった。

俺たちに対して、カマを掛けてくる相手は多い。そこは誤魔化すべきなのだから、仲間たちの反応には困った。わかりやすすぎる。

しかし、彼女はなぜそう思ったのだろうか、という疑問も浮かぶ。

「勘、いいほうだから。あたしも、守旧派の人のところに行くつもりはなかったし」

「そうか」

まだ肯定はしない。ただの勘だけではないと思う。

だが、どうやら彼女は思ったよりも、こちらのことを知った上で接触を図ってきたらしい。

だとすると……。

俺は、船を下りた直後、彼女が言っていたことを思い出す。

『また会う気がする』

もしかすると、あの時点でもう、彼女は俺たちの正体に見当をつけていたのかも知れない。

迂闊だった。彼女自身が改革派側であっても、良いこととは言えない。

同時に、そこまで察しているならもう、彼女を適当な街まで届けて別れるというのは、よくないだろう。

そういうタイプとは思えないが、彼女が俺たちの情報を手土産に、逃げ出したことを帳消しにしようとする可能性もないではない。

それよりは、手元に置いたほうがいいだろう。

彼女の「勘」とやらは、おそらく何らかのスキルだ。俺たちにとって、かなり重要な役目になる可能性はある。

この旅に同行している仲間は、それぞれがトップクラスの実力者だ。何かしらの一芸を持っているが、しかし、それが仲間になる条件というわけではない。

改革派として活動していこうという強い意思と、信頼できる誠実さがあれば、俺としては合格だ。

もちろん重要なポジションには置けないが、先の街のように諜報関係だったり、様々な役割がある。組織に属するということは、商人が使用人を雇うのとは違う。固定の給料が出るような形ではないし、本職を持ちつつ、何らかの形でだけ協力する仲間も多い。

彼女がどこまで望んでいるかはわからないが、本気であるなら、検討はできると思う。

「そうだな……」

俺はちらりとまわりを見る。今はまだ作戦中だし、組織の上役から意見を求めることはできない。

まわりの仲間は、まだ驚きの中にいるようだ。

こんな少女がいきなり仲間にと言いだしたら、戸惑うのはわかる。

受け入れてもいいという雰囲気の者と、彼女の正体を探ろうとしている者に分かれていた。

しかし、すでに正体を知られているとなると、選択肢はあまりない。

「わかった……。どこまで知っているかは後で聞くとして、俺たちは改革派の組織の者だ。とりあえず、俺たちには目的地がある。その間は同行してもらって、あらためて他の仲間がいる地域まで戻ってから正式に君の処遇を決める。そういうかたちになるが、いいか？」

ヴェーリエは黙ってうなずいた。

「このまま……連れて行くのね？」

アミスが隣で尋ねてくる。

俺への確認というよりは、周りの仲間たちに意思を決定させるためだろう。正直、助かる。

アミスが言うなら、異論は出にくくなる。

「ああ。ここからひとりで本部に向かわせる訳にはいかないし、俺たちがそれについていく訳にもいかない」

「そうね」

ヴェーリエはきっと、なんらかの秘密をまだ隠している。

俺たちは、それにすでに巻き込まれてしまったのだろう。

彼女の能力がこのリスクに見合うほど有用であると信じて、腹をくくるしかない。

「さて、一緒に行くとなれば、もう少し君のことを聞かせてもらえるかな」

俺はヴェーリエへと向き直ってそう言った。なんとかして、聞かせてもらわなければいけない。

「そうね。あっさり信じてくれたことに感謝して、話さないとね」

彼女は小さくうなずきながら口を開く。

「あなたが信用できる人だってことは、勘でわかってたの。まず、なにから話せばいいかしら……」

彼女は考えるようにしてから、ゆっくりと話し始めた。

「貴族全体と繋がっている勢力のなかに、教会があるでしょ？」

「ああ、大きな勢力だ」

教義そのものはまっとうだが、守旧派、改革派にかかわらず、権力者である貴族との繋がりが深い。俺がうなずくと、彼女は続ける。

「そこで中心になっている、聖女っているじゃない？　でも聖女は、なんだかんだと代替わりも多い存在なの」

「そうだな……」

聖女は教会の象徴的な存在で、人々からも好意的に受け入れられている。

しかし、なにかがあったときには、責任をとるという形で代替わりすることも多い。

「だから教会では次の聖女、あるいはさらにその次を安定して用意出来るように、ある程度の人数の候補者を囲っているの」

「確かに、代替わりするとなってから急に探すのは難しいだろうな。信者自体は、いっぱいいるにせよ……」

聖女として求められる素養があるから、一般的な信者が、一朝一夕で聖女として立てるわけではない。

それは、教会のシスターであっても同じだろう。人々が特別だと認めるなにかが必要だ。

教会としても、象徴的な存在である以上、聖女をより聖女らしく見せておきたいと思うだろう。

であれば、能力のある候補者を育てておくというのは、むしろ当然といえた。

「あたしはそんな候補のひとりだったの。といっても、実際に聖女になる可能性は、そう高くなかったと思うけど……」

そう言って、彼女は付け加える。

「ただ、勘が働くっていうのは、けっこう聖女っぽいというか……。ほら、なんとなく相手のことを見抜くのって、聖女らしいでしょう？」

「確かにそうだ。聖女として現れた人間にやられたら、神秘的だとして強く印象に残るだろうな」

「そう。だから、敬虔《けいけん》じゃない性格はともかく、ずっと候補としては残されていたの。あたしは元々、信心深くて教会に身を寄せたわけじゃないんだけどね」

教会は孤児を引き取ることもあるし、人助けと称して人を買うこともある。

彼女はきっと、そういった経緯で教会に入ったのだろう。

「普段は教会の本部に囲われてるんだけど、少しだけ外へ出る機会があったから、チャンスだと思ったのよ」

その口ぶりからすると、教会で聖女候補として暮らす日々は、彼女にとってはあまりいいものではなかったらしい。

その経緯なら、彼女は外の世界をお花畑だと思っていた訳ではないだろう。

それでも、かごの鳥でいるよりは、自由を欲したのだ。

「そんな中であなたたちを見かけて……海賊を撃退しちゃったことや、街から脱出しようとしている行動力を見て……ここだ、って思ったの。あたしも、そんなふうになりたいと」

素性を明かされれば、彼女の纏っていた雰囲気にも納得がいった。

聖女候補であれば、暮らしには不自由はなかっただろう。経済的な余裕がありつつも、ずっと教会内部に囲われて教育されていたのであれば、貴族や大商人のお嬢さんと見間違うのもわかる。

その後もいろいろな話を聞いたが、どこにも不審なことはなかった。逆に、聖女候補でなければ知らないだろうことを、たくさん聞くことができた。

俺たちはヴェーリエを信用することにして、次の町を目指していくのだった。

●

追っ手を振り切った後は予定通りに移動し、目的地まではまだ距離があるものの、改革派貴族側の領地へとたどり着いた。住人に正体こそ明かさないが、この先は明確に味方だといえる地域だ。

ここまで来れば、ひと安心だろう。

この先は、目的地までずっと改革派の領地が続くため、そこまで警戒する必要はない。

貴族間でも緊張が高まっているので、他領の兵士がうろつくことはない。

そのまま近くの街へと入り、宿を取った。

海賊騒ぎに、聖女様候補……。危険は覚悟していたが、予想外のことばかりが起こった。

そう考えながらくつろいでいると、アミスが部屋を訪れてきた。

簡素な宿だった。

基本的には、町から町へ移動する商人が寝る程度の施設であるため、こういったシンプルで、そのぶん安いほうが喜ばれるのだ。

彼女を招き入れて、ふたりでベッドに腰掛ける。

「今日は大変だったわね」

「ああ、そうだな」

港町が封鎖されて予定が狂いそうになったり、そこからの強引な脱出をはかったり。

そして馬車の上にヴェーリエが飛び降りてきて、そのまま彼女をともに移動することになった。

海賊が出ただけの昨日よりも、より慌ただしい一日だった。

そんな波乱の一日も乗り越え、あとはさしたるトラブルもなく旅は終わるだろう。

いざというときには、領主である貴族たちを頼れるというのも大きい。この辺りの領主は、多かれ少なかれ組織と関係がある。そうなれば、今は楽しもう。

俺は彼女を抱き寄せた。

アミスはこちらに身体を預けると、潤んだ瞳で見つめてくる。

その目に誘われるように顔を寄せて、口づけを交わした。

「んっ……♥」

舌を伸ばして、積極的に求めてくる。

互いに舌を絡ませ合い、唾液を交換していった。

口を離すと、彼女はこちらに背を向けて、自らの服へと手をかけた。

俺はそんなアミスを後ろから抱きしめる。

「もう……抱きついていたら、脱げないわよ……？」

そう言いながらも、こちらへと背中を預けてくる。

首筋に顔を寄せるようにすると、アミスらしい華やかな香りが漂ってきた。

「あんっ、くすぐったいよ……」

うなじに息がかかり、彼女が小さく身体を動かした。

ぎゅっと抱きしめながら、そのまま身体を倒していく。

彼女とともに、ベッドへと倒れ込んだ。

後ろから抱きしめた状態で横向きになりながら、足を絡めていく。

「リュジオ、んっ……♥」

手を動かして、彼女の豊かな双丘へと昇っていく。

「あんっ……ん、はぁ……♥」

柔らかな丘を指先でそっとなぞっていくと、彼女が小さく息を漏らす。

色づいた吐息に誘われるように、柔らかな乳房をいじっていった。

「あっ、ん、リュジオの手……んんっ、服の中に……」

はだけた胸元から手を侵入させ、その柔乳に直接触れていく。

むにゅっとかたちを変えていく胸の感触を楽しんでいると、股間に血が集まっていくのを感じた。

「あんっ、お尻のところ……リュジオの硬いの、当たってる……♥」

アミスはそう言うと、お尻を小さく動かした。

その尻肉が、ズボン越しの肉竿を擦り上げてくる。

俺は手を動かして、指先で乳首を挟み込んだ。

「んんっ……！」

敏感な突起を指先でいじられ、彼女の身体が小さく跳ねる。

大きな乳房が波打ち、アミスが感じているのが伝わってくる。

「あぁ……リュジオ、ん、はぁ……♥」

彼女は甘い声を漏らしながら、お尻を押しつけて肉竿を刺激してくる。

妖艶な女の身体が俺を求めていると思うと、欲望は熱く滾《たぎ》ってくる。

「アミス」

俺は胸への愛撫を続けながら、もう片方の手を下半身へと動かしていく。

細いウエストから、おへそに。

そして丸いお尻を支える骨盤のあたりを撫でていくと、彼女が感じたように身体を動かした。

「ああっ……そんな、焦らすように、んっ……♥」

敏感なところへ向かう前に、骨のくぼみを指先で撫でていく。

そこ自体は性感帯でもないのだろうが、期待を煽る動きに、彼女が敏感になっていくのがわかる。

そうしてしばらく、その周辺を指先でいじった後で、さらに下へと降りていく。

服をずらし、下着の中へと手を侵入させていった。

「あっ……んんっ……♥」

下着の圧迫を感じながら、ふっくらとした恥丘を撫でていく。

「んんぅっ……はぁ、あふっ……♥」

指先が割れ目を撫で下ろし、往復していく。

焦らした後の直接的な刺激に、彼女の声が高くなった。

「あぁ、リュジオ、ん、ふぅっ……♥」

その甘やかな呼びかけと、こちらを刺激してくるお尻に、俺も我慢が出来なくなってくる。

指先は彼女の愛液で濡れ、軽く割れ目を押し広げると、とろりと蜜があふれてくる。

花びらをかき分けて中へ侵入すれば、きゅっと指を咥え込んできた。

「あふっ、んんっ……♥」

アミスが嬌声を漏らしながら、足を閉じる。

温かな内腿に手が挟み込まれ、逃れられなくなった。

それはこちらの動きを止めようとする行為ではなく、快感を逃したくない、という欲望に感じられて艶めかしい。

指先を動かして、その膣内をいじっていく。

「んぁ、あっ、ああ……ね、リュジオ……♥」

彼女は足を緩めると、おねだりをするような、甘えた声を出した。

その要求がなにかは、聞かずともわかる。

俺は膣内から指を引く抜くと、彼女の下着をずらして自らのズボンへと手をかける。

そして、滾る剛直を取り出した。

「あっ、んっ……♥」

そしてそのまま、彼女の膣口へと先端を押し当てていく。

「あぁ……リュジオの、ん、熱いモノが、私のアソコに、んんっ……」

彼女の足を抱えるようにして開かせ、そのまま挿入していった。

「んんっ！　はぁ、ああっ！」

すでに濡れていたそこが、肉竿を受け入れていく。

膣襞《ちつひだ》を擦り上げながら奥へと入っていくと、濡れた内部が素直に反応してくる。

「あぁ……♥　んっ……！」

肉棒を包み込んだ膣道が、きゅっと吸いつくように締めつけてきた。

その気持ちよさに満たされながら、俺はぐっと彼女を抱き寄せる。

「あふっ、中、すごい……硬いのに押し広げられてっ……ん、あぅ……♥」

「あぁ……俺も気持ちいいよ」

肉棒にぬちゅぬちゅと絡みついてくる膣内に、思わず声を漏らしてしまう。

包み込まれる気持ちよさと、さらなる快楽を求める思い。

後ろから抱きしめるようにしながら、腰を動かしていく。

「んんっ……はぁ、ああっ……♥」

感じて声を漏らしていくアミス。

柔らかくうねる膣襞が、肉竿を擦り上げて刺激していった。

「はぁ、ふぅっ……♥　動きはゆっくりなのに、んぁ、あぁ……すごいかも。ゆっくりだから、リュジオのモノが、私の中、擦り上げてるのが、すごくわかって、んんっ、はぁっ……！」

途切れ途切れに声を漏らすアミス。嬌声をあげる度に、その膣内も締まって反応を示してくる。

俺はそのまま手を回すと、彼女の胸へと触れていった。

「んんっ……」

指先が乳房に沈みこむのを感じながら、俺の手には収まらない巨乳を揉んでいく。

「んはぁっ♥」

柔らかなふたつの膨らみが、俺の手を受け入れてかたちを変えていく。

指の隙間からあふれる乳肉がとてもエロく、それを楽しむように手を動かしていった。

「はぁ……あぁ……だめっ……♥　そんな、んっ、ふぅっ……♥」

腰を動かしながら、おっぱいを揉みしだいていくのは楽しい。

「はぁ、ああっ、私、ん、ふぅっ、ああっ！」

挿入されながらの乳揉みだ。

性感帯を多重に刺激されて、アミスの身体はどんどんと熱を帯びていった。

「んんっ♥　あっ、はぁ、あぅっ……」

膣内も喜ぶように反応して、肉竿を締めつけてくる。

肉襞が幹を絞るようにうねり、ますます快感が膨らんでいった。

「ああっ♥　中で、ん、先っぽが、あふっ、んはぁっ……♥」

先端が気持ちよさでしびれていく。

こうなると、もう止まれない。

俺は速度を上げて、抽送を行っていった。

「あっあっあっ……ん、あふっ、ああっ！」

彼女が短く、荒い息を吐いていく。

「んぅっ♥　あっ、ああっ！　あんっ♥　ん、あぁっ！」

嬌声に合わせるように、きゅっきゅと締めつけてくる膣内。

睾丸がつり上がり、精液があふれそうになる。

「いくぞ」

そう言って、ラストスパートをかけていった。

「ああっ♥　私、ん、はぁっ、ああっ！　リュジオ、一緒に、ん、ふぅっ♥」

彼女が喘ぎながら、俺を求めてくる。

愛しい体を抱きしめ、強いピストンを行い、その膣内を突いていった。

「ああっ、イクッ……！　ん、はぁ、もう、ん、ああっ♥」

「うっ、出るっ……！」

限界を感じながらも、気力で腰を突き出す。

「んぅっ、はぁ、あっ♥　イクッ、あっあっあっ♥　んあぁぁぁぁぁぁっ！」

「う、あぁっ……！」

彼女が絶頂を迎え、膣襞が収縮して肉棒を締め上げる。

それを確認してから、俺は思いきり射精した。

「あぁぁっ♥　あぁあああぁぁっ♥」

勢いよく飛び出した精液に膣奥を打たれ、アミスがあられもない声をあげていく。

膣内が限界まで肉棒を締め上げて、精液を搾りとっていった。

最高の気持ちよさに身を任せ、美女への中出しを堪能していく。

「はぁ……♥　はぁ……あぁ……♥」

しっかりと白濁を出し切ると、アミスの艶めかしい吐息が大きく零れた。

「あぁ……ん、ふぅっ……♥」

肉竿を引き抜き、彼女をぎゅっと抱きしめる。

「んっ……♥」

後ろから抱きしめられているアミスは、そのまま甘えるように身体を預けてきた。

行為後の火照った身体を重ねながら、じっくりと余韻に浸るのだった。

●

俺たちが会う人物は、改革派組織フレイタージュの最大の出資者であり、改革派貴族の中心人物――ロケーラ伯爵だ。

当然、本来であれば俺たち庶民が会えるような相手ではないし、彼の屋敷は名もない人間が出入りするような場所ではない。

伯爵という確固たる地位。だがそれゆえに、改革派の中心人物という立場では、なかなかに身動きが取りにくい。

貴族の力関係や、やり方というものに詳しいわけではないが、想像することはできる。

彼が改革に積極的なのは、若い頃には騎士としても活躍していたことが、多少は関係しているのかも知れない。他の貴族よりは、世の中を知っている。

伯爵クラスとなれば、さすがに庶民が会う機会はない。しかし、武勇伝は聞こえていた。

そんなロケーラ伯爵の領内には入ったものの、彼の屋敷がある中心部ではなく、その近隣の街でまずは一泊することになった。

日暮れまでにはそちらへ向かうこともできる距離だったが、この街で泊まることもそう不自然ではない時間だ。慎重に進むつもりだった。

そうして、ひとまず宿は確保したもの、時間が早いので、暇を持てあましてしまう。

せっかくの余裕だ。

ヴェーリエと、しっかり話をしてみるのもいいだろう。

そう思って、彼女の部屋を訪ねる。

「なに？　なにかあったの？」

彼女は不思議そうに尋ねてくる。

馬車に飛び乗ってくるような破天荒な登場だった彼女だが、組織で身柄を引き受けると決まってからは、大人しいものだった。それだけ、教会や港町からの脱出自体が、彼女にとっては思いきったものだったということだろう。

「いや、時間が空いたし、少し街中でも見ながら、ヴェーリエの話を聞こうと思ってね」

「外へ出てもいいの？」

彼女は冷静を装って尋ねたようが、その目には期待が宿っていた。

隠密行動中だという立場や、伯爵に会う直前だということで、あまり自由はなかっただろう。

息抜きのような街の散策を思い浮かべて、喜んだのかも知れない。

「ああ。出発は明日だし、それまでは自由時間だ。といっても、トラブルを起こすと困るけどな」

「リュジオと一緒なら、大丈夫なんでしょ？」

俺がうなずくと、彼女はすぐにでもというように踵を返したが、さらに半回転して再び俺のほうを見た。

「準備をするから、ちょっとだけ待っていて」

「ああ、いいぞ」

はしゃいで見える様子のヴェーリエに、声をかけたのは正解だったな、と思うのだった。


俺たちは連れだって町へと出る。

伯爵領の中心都市の隣だということもあって、それなりに活気づいていた。

また、伯爵の治政によるものだろうが、全体的に明るく緩やかな雰囲気だ。

「賑やかな人々の中に自分もいるのって、なんだかワクワクする」

彼女はそう言って、俺の一歩前へと出る。

育った環境のためか、振る舞いの基礎部分は落ち着いたものであるものの、今は楽しさが隠しきれないようだ。

街の雑踏の魅力にはしゃぐのは幼い印象を与えるが、微笑ましいものだった。

俺たちは、石造りの街を歩いていく。

噴水のある広場は円形になっており、そこから様々なエリアへと道がのびていた。

時間が早いせいか、いろいろな屋台も並び、活気に満ちている。

まだ日が暮れていないため、小さな子供たちが遊び回っていた。

彼女もその様子を眺めて微笑む。

「いろいろなお店が並んでいるのね」

広場に出ている屋台以外にも、そこから繋がる道には、商店が連なっている。

「ああ、それなりに大きな町だし、伯爵の方針でこのあたりは交易も自由だし、流通がいいからな」

改革派貴族は、自由な経済活動を重視している。

利権や賄賂まみれの守旧派とは違い、誰にでもチャンスがあるようにというのが基本的な考え方だ。今はまだ、守旧派貴族に邪魔をされることもあるが、こうしたお膝元に近い場所では、その自由さが強く出ているな。

「そうなのね。まだまだ、知らないことばかりだわ」

そう言って、ヴェーリエは町を見渡す。

「これから知っていけばいいさ」

俺が言うと、彼女は一拍おいてうなずいた。

「そうね」

教会の中で、聖女候補として囲われて育ってきた彼女。

けれどこの先は、開けた世界が彼女を待っている。

「教会のあった街ですら、あたしはよく知らないし」

「ああ。そっちも案内はできるぞ。伯爵との会見が終わったら戻ることになる。俺が案内しよう」

そう言うと、彼女は少し驚いたような顔になった。

話に聞いた感じだと、彼女が逃げてきたのは、どうやら俺たちの出発点だったようだ。

船旅の前にも、どこかで接触していたかもしれないな。

「リュジオたちの組織って、あんなところにあるの？」

「そうおおっぴらなものじゃないから、知らないのが普通だ。人が多い街のほうが、いろんな人間がなじみやすいものだよ」

「ずっと暮らしていたのに、本当に、あたしは知らないことばかりだったのね」

彼女は教会から出る機会を利用して、上手く船に飛び込んで逃げて，俺たちと出会った。

そしてその俺たちが帰る場所は、彼女が聖女候補として囲われていた場所にかなり近い。

俺たちと一緒に行動する限りは、そちらへ戻っても教会の網にかからないだろう。

しかし、気分としては不思議なものだろうな。

そのあとも俺たちは、広場を中心に街を見て回る。

昼時は過ぎたものの、夕食まではまだ時間がある。

「屋台へ行こうと思うんだが、なにか食べたいものはあるか？」

尋ねると、彼女は少し考えるようにしてから言った。

「いろいろありすぎてわからないし、リュジオと同じにするわ」

「わかった」

俺たちは近くの屋台へ行って、肉のサンドを注文した。

「食べ歩きも初めてだわ」

そう言いながら、彼女がサンドにかぶりつく。

「確かに、教会の人間が街中で食べ歩きっていうのは、あまり良いイメージじゃないな」

俺もサンドの肉をかじりながら答えた。

特に聖女候補ともなれば、神秘的なイメージを損なうようなことは許可されないだろう。

この街は自由な雰囲気で、冒険者なども多いから、食べ歩きも自然な行為だった。

反対に、守旧派のかっちりとした町などでは、まだまだ食べ歩きは行儀の良くない行為として否定的だろう。そもそも役人がイジワルなので、屋台自体が少ない。

「こうして町を歩くのって、すごく楽しいものなのね」

ヴェーリエは興味津々といった様子で街をずっと眺めている。

道行く人々は、彼女の可愛らしさに目をとめる者こそあれ、誰もヴェーリエを聖女候補だとは思っていないだろう。

それはおそらく彼女にとっては、俺が想像する以上に開放的な経験なのかもしれない。

「ね、リュジオ、あっちのほうも見に行ってみたい」

彼女はまた俺の前へ出ると、通りのほうを指さした。

その姿は年相応の少女のようで、微笑ましさと安心感を抱かせる。

「ああ、行こう」

俺はうなずくと、軽い足取りのヴェーリエを追った。

ツインテールが揺れて、彼女が歩いていく。

その後ろ姿は日に照らされて、少しまぶしいくらいだった。

# 第三章　謁見と襲撃計画



豪奢なホールを抜けて、俺たちは応接間に通された。

赤いカーペットは毛足が長く、こちらの足音を吸収していく。

勧められたソファーは、柔らかく沈みながら俺の腰を受け止めた。

そして目の前には今、ロケーラ伯爵がいた。

彼は改革派の実権を握っている、実質的な首謀者だ。

さすがに細かな指示などはないが、伯爵の部下を通して、資金や情報の提供を受けている。

貴族との繋がり自体が力を発揮する場面もあるが、日常的に一番効果を発揮しているのは、やはり資金面だろう。

伯爵との関係がなければ、フレイタージュはただ一つの街で反守旧派を叫ぶ集団でしかなかったに違いない。

それがそれなりの規模となり、今では多くの貴族にもその存在が知られるような活動を行えているのは、ロケーラ伯爵の援助によるものだ。

そんな伯爵は、白髪の多い髪を後ろになでつけた細身の老人だった。

筋骨隆々ではないものの、矍鑠《かくしゃく》とした老人は、長年貴族として生きてきた経験による威厳と、迫力に満ちている。さすがだと、俺は思った。

「わざわざすまんな」

そう言ってゆったりと構えている伯爵を前に、俺たちは背筋が伸びた。

荒事ばかりの俺たちを前に、まったく警戒していない。むしろ、俺たちが緊張してしまっている。

そうさせるだけのオーラが、伯爵にはあった。

「諸君らの活躍は十分に聞いているが、それは話だけのことでな。大きな動きを前にして、どうしても実際にこの目で見ておきたかった」

そう言って、伯爵は俺たちを眺める。

後ろめたいことなど当然ないが、その目はこちらを見透かすかのような、精神をざわつかせるものだった。

『リュジオが緊張してるの、珍しいね』

そんな俺を見て、タルヒが声に出さずに視線で伝えてきた。彼女は、俺のことならなんでもお見通しだ。こんなときでもふんわりとしている彼女に、俺も少し身体の力を抜いた。

伯爵に気圧されすぎていたな。

それだけ彼が歴戦だというのは心強いことだし、俺がまだまだ経験不足だというのも、仕方のないことだ。

ひとりでは危なかったが、こうしてタルヒのおかげで、集中を取り戻すことが出来た。

「大きな動き……」

「ああ、そうだ」

伯爵は俺たち全体を見て、続けた。

「守旧派どもの、既得権益に耽溺《ちんでき》し、庶民を締めつけるやり方では悪くなる一方だ。その行き詰まりに皆も気づき始め、それに焦る守旧派はより悪手を打っておる」

税は重くなり、生活はますます苦しくなっていく。

様々な建前は用意されているものの、それが実際に生活を良くしていくことはない。

いや、守旧派貴族を始めとし、すでに権力を持つ者、潤っている一部の人間に関しては、本当に良くなっているのかも知れない。

しかし大多数の庶民にとっては、ただただ苦しくなっていくだけだ。

「その結果、諸君ら以外にも各地に改革派組織が現れ始め、それぞれに動き出している」

「他にも多くの同士が……」

「ああ。だがその多くはまだ、我々が関与していないものだ。しかし、志を近しくする者たちが出てきたのは、おおいに喜ばしい」

伯爵は言葉に熱を込めていく。その震えが、俺の心もかき立てていった。

「守旧派はその状況に焦り、組織を撃破すべく大きな動きを見せているようだ。だからいっそう気を引き締め、こちらも準備にとりかからなければならない。改革派組織は多く出来たが、その中心となるのは君たちだ」

フレイタージュは改革派としての実績があり、国内に名も知られている。

各地に出来た組織の多くが、俺たちのことを意識しているだろう。

「守旧派の連中は大々的な討伐にあわせて、聖女の代替わりを盛大に行うつもりだ。目くらましにしようとしているらしい。実際、君たちが倒れてしまい、聖女の代替わりが無事に行われれば、守旧派は力を取り戻していくだろう。そうならないためにも、奴らを退けなければならない」

俺たちは伯爵の話を聞き、迫り来る衝突に備えるのだった。

●

「聖女の代替わり、ね」

馬車での移動中、流れていく景色を眺めながらヴェーリエが呟いた。

伯爵との会見を終え、俺たちは新たなターゲットの情報を持って、本拠地へと戻るところだ。

彼女は元々、その聖女の候補者だった。

本人曰く、実際に聖女となる可能性は低かったというが……。

彼女の勘の鋭さ、思いきりの良さは、十分な資質であるように俺には思える。

特に今のような情勢が不安定な時には、今の聖女のような安らぎの側面が目立つ聖女像よりも、神秘的な聖女のほうが大きな力を持つのではないだろうか。

あるいは――。

教会内での流れが変わってきたことも、彼女がチャンスに乗じて脱出をはかった、大きな理由なのかも知れない。聖女に選ばれてしまう可能性を、勘で予測したのだろうか。

「実際、未だに聖女に対してそこまでの影響力を持っているってことも、問題よね。貴族の都合で替えられるなんて」

自分たちの都合で代替えを行うことについては、元候補者だった彼女からすれば、思うところがいろいろとあるのだろう。

馬車の外は、のどかな草原だ。改革派が力をつけ、世の中は大きく揺れている。それでも、こういった景色は昔から変わらずに、のんびりとしていた。

せわしなく動いているのは、人間だけだ。

「ヴェーリエは、今の聖女とも普段から、話していたのか？」

俺が尋ねると、彼女は小さく首を横に振った。

「いいえ。聖女は基本的に、お世話係の人間がずっと周りにいて、連絡もそれ用の人間を通しているの。候補者や他の信者たちと話すことは、ほとんどないわ」

「そうなのか……」

「とても窮屈そうでしょ？」

「それも神秘的であるために、か……」

「結局、聖女は象徴だからね」

彼女はうなずいた。

「候補者の状態ですら、基本的にはずっと教会内にいて、他の信者と話す機会がないの。それですら、あたしは嫌だったのに」

「候補者はみんな、スキルを元にして集められるのか」

「だいたいはそうね。スキル以外にも、あたしの勘みたいなものとか、それっぽい雰囲気があるとかでも選ばれるの。人を育てるのって安くはないけど、教会はわりとお金持ちだし、聖女は十分なメリットをもたらすしね」

「他の候補者たちはそのまま、まだ教会に？」

「信者からすれば候補者は聖女にいちばん近い人間だから、情報っていう点でも、あまり外には出したくないみたいね」

「聖女の神秘性……か」

知り合いが少ないほうが、都合が良いわけだ。

「あたしも次に聖女になるだろう子とは、何度も顔を合わせてるしね」

彼女はそう言うと、少し遠くを見るようにしてから、こちらへと視線を戻した。

「だから……聖女の代替わりを軽んじている守旧派や教会は、やっぱり許せないな」

「ああ、そうだな……」

俺がうなずくと、彼女は尋ねた。

「状況が変われば、教会も少しはマシになると思う？」

「内側から見て、教会は一枚岩だったのか？　そうだとしたら、変わるというよりも、作り直すような形になるかもしれない。そうじゃないなら貴族たちと一緒で、上が変わっていけば、流れも変わっていくはずだ」

「一枚岩……ではないと思うわ。みんな権力に夢中だしね。守旧派と繋がっていったのも、結局そういうことだろうし。改革が進めば、意見を変えるわよ。本当に信仰心があるのは一部の人だけね」

彼女はため息交じりにそう言うと、こちらへと手を伸ばした。

俺は一瞬、その小さな手を見つめて、軽く握った。

「……握手なんだ」

彼女は不思議そうに俺を見つめた。

「守旧派を倒して、教会を良くしていこうってことだと思って」

俺が言うと、彼女はいたずらっぽく笑った。

「リュジオの周りにいるのは、みんな綺麗な大人の人だもんね」

彼女は一度俺の手を放すと、今度は指を絡めるようにして自分から握った。

「少し不安だから、ぎゅっとして……って、女の子っぽいでしょう？」

ヴェーリエの笑みは誘うようでありながら、恥ずかしさが多く混じっており、その不慣れな様子がとても可愛らしかった。

●

本拠地へと戻る途中の宿。

俺たちは食事を終えると、それぞれの部屋へと戻っていった。

今回も同じく、シンプルな作りの宿だ。

ゆったりめのベッドに、机と椅子。それで部屋のほとんどが埋まるようなものだが、寝るだけなら十分だ。

馬車での移動は、馬に跨がるのに比べれば楽ではあるものの、やはり屋内でのんびりとしているよりは当然疲れる。

こうしてベッドに横になると、リラックスできるのを感じる。

とはいえ、まだ寝るには少し早い時間で、このまま眠れる気はしない。

人によっては酒でも飲みに出るのかも知れないが、そういう気も起きなかった。

いよいよ大きく動き出していくことに対する、多少の緊張もあるのかも知れない。

頭の中では、あの日誓った復讐へ向けて、すべきことをしていくだけだという考えが固まっている。しかし心の奥には、大きな局面に怯える部分が残っているのかも知れなかった。

もし故郷が焼かれず、あの村でそのまま田舎騎士として暮らしていたら……。

俺は今のような重大な場面を迎えることは、一生なかっただろう。

「大丈夫だ」

小さく呟く。

問題はない。そう思って、軽く拳を握った。深呼吸をして心を落ち着ける。

今から不安や緊張を抱いていては、パフォーマンスが落ちる。

いよいよ大詰めに近づいてきたことで、故郷のことを思い出すことが多くなった。

今でも、過去のことは俺の心をざわつかせる。

多くの場面を、仲間と乗り越えてきた。

守旧派貴族を襲撃し、その騎士たちを蹴散らしたこともある。だから次の襲撃も、それ自体はおそらく、俺にとって大きな問題ではない。

いつだって過去は、目の前の敵よりも、俺にとっては強敵だ。

今は昔のことから意識を背け、これからのことに集中すべきだ。

そうしていると、ドアがノックされる。

「どうぞ」

声をかけながら、自分でドアを開ける。

そこにいたのは、ヴェーリエだった。

少し意外に思いながら、彼女の綺麗な茶色のツインテールを眺める。

それも、彼女が少し下を向いていたからだ。

「なにかあったか？」

尋ねると、彼女が顔を上げた。

「もう少し、話したいの……いい？」

「ああ」

そう言って、俺はちらりと部屋を振り返る。

部屋の中は、ほとんどがベッドに占拠されている。悩める美少女を招くには狭いな。

「どこか、店にでも行くか？」

「ううん……」

彼女は小さく首を横に振って、続ける。

「ふたりきりがいいから。中、入っていい？」

「ああ……」

俺は彼女を部屋に招き入れた。

そして机の横にある椅子を勧めると、自分はベッドへと腰掛けた。

こちらに向けた椅子に座る彼女と、ベッドに座る俺との距離はかなり近い。

膝がくっつく……とまではいかないが、それに近い状況だ。

俺は若干位置をずらして、彼女の斜めに座る。

これでもかなり近い。

「何か困ったことが？」

尋ねると、彼女は小さく首を横に振る。

「何かあった、訳じゃないんだけど……」

そう言って、ヴェーリエはゆっくりと話し出す。

「教会のこと、この先のこと……ひとりで考えていると不安になっちゃって」

「そうだな。まだあまり力になれていなくて、すまん」

俺はうなずくと、彼女へと目を向ける。

「不安に思ってることを、話してみるのもいいかもしれないな。解決はしなくても、少しは紛れるだろう」

「うん……」

彼女は、こくり、とうなずいた。


それからしばらくは、ヴェーリエの相談に付き合った。

思いをたくさん吐き出した彼女が、こちらを見つめる。

先程までとは違い、そこには少し艶めいたものを感じる。

「ね、リュジオ」

俺は無言で、彼女を見つめ返す。

「あたしのこと、抱いてほしいの」

ヴェーリエは色めいた表情で、俺を見つめ続けている。

「まだふわふわしてるあたしをぎゅってして、ここにいるんだってわからせてほしい」

「わかった」

俺が手を広げると、彼女がこちらへと飛び込んでくる。

その細く小さな身体を抱きしめた。

「あふっ……」

腕の中におさまった彼女が、そのまま顔を胸板へと埋める。

彼女の不安を取り除くように、そのまま強めに抱きしめていた。

「リュジオ……」

彼女は顔を上げると、上目遣いにこちらを見る。

そして何かを期待するように目を閉じたので、彼女の唇に軽く触れる。

「ちゅ……♥　んっ……」

口を離すと、すっかりうっとりした顔になっている。

「こうしてると、すごく安心するね……それと同時に、ドキドキして……」

彼女は顔を赤くしながら、続けた。

「あたし、聖女候補で……周りにも女の子しかいなかったし、こういうの、どうすればいいかよくわからないんだけど……」

そう言いながら、俺の身体をさするように撫でてくる。

「リュジオはわかる？」

小さく身体を動かす彼女にうなずくと、再びキスをした。

「ん、はぁ……♥」

それを受け入れた彼女が、艶めかしい吐息を漏らす。

俺はキスをしながら、今度は舌を伸ばしていった。

「んっ……ん、れろっ……」

少し驚いたようにしながら、彼女も舌を合わせてくる。

俺よりもずっと小さな舌を愛撫していくと、身体がぴくんと反応した。

「あふっ、ん、あぁ……なんかくすぐったいような、ゾクゾクするような感じ……」

俺はそんな彼女の頬から、首筋へと撫でていく。

「んっ……リュジオの手、大きいのね」

俺自身、ことさらに大柄というわけでもないが、小柄な女性であるヴェーリエと比べると、その差は顕著だろう。

首筋からさらに下へと動くと、彼女が少し身を固くする。

俺は安心させるように緩やかに動きながら、その胸へと手を伸ばしていった。

「あっ……」

服越しに、その大きな膨らみに触れる。

柔らかなそこをさわさわと刺激しながら、彼女の反応を見た。

ヴェーリエはきゅっと目を閉じて、こちらに身を任せている。

耳まで赤くなっているのが可愛らしく、俺は薄い耳たぶを軽く唇で挟んだ。

「ひゃうっ！」

ヴェーリエが声をあげて身体を揺らす。

その反応を楽しみながら、服を脱がしていった。

「あっ……ん、リュジオに、脱がされちゃってる……」

「そうだ。これからだぞ」

胸元があらわになり、細い身体で強調される大きな乳房が揺れながら現れる。

「んんっ……」

恥じらう彼女が、きゅっと身を固くする。

俺はその双丘へと手を伸ばして、もみほぐしていった。

「んっ、あぁっ……」

「そんなに硬くならなくていいぞ。ほら……」

そう言って、柔らかな場所を揉んでいく。

「んぁ……リュジオの手つき、すごくえっちで、あたし……♥」

ヴェーリエは気持ちよさからか、少し力を抜いていったようだ。

俺はそんな彼女を確認しつつ、胸を揉んでいく。

「はぁ、あっ……んっ……」

彼女の声が甘くなっていき、感じているのがわかる。

その証拠に、豊かな双丘の頂点で、乳首が反応しはじめていた。

「ここも触ってほしそうにしてるな」

「ああっ！　そこ、んっ……」

指先で軽くいじると、彼女が敏感に反応する。

そんな初々しい乳首を、さらにいじっていくことにした。

「あふっ、そこ、あまりいじられると……」

「気持ちよくないか？」

言いながら、くりくりと乳首をもてあそんだ。

「ああっ……！　気持ち、いいけど、んっ♥」

ヴェーリエは素直にそう言いながらも、恥ずかしそうにした。

こうして乙女の胸をいじっているのも楽しいが、本命はそこじゃない。

俺は胸から手を離すと、そのまま彼女を脱がせていく。

そして、下着一枚の姿になったヴェーリエを眺めながら、最後の一枚に手をかけた。

「あぅっ、リュジオ……」

「脱がすぞ」

言って、下着を下ろしていく。

彼女の秘められた場所が、あらわになっていった。

「あぁ……」

足を閉じようとするが、俺は身体を割り入れてそれを阻む。

「リュジオ、んんっ……」

生まれたままの姿になったヴェーリエ。

女の子の割れ目が、恥ずかしそうに少しだけ開いている。

俺の身体で足を広げられているため、閉じきれず、内側が見えてしまっている。

俺はその割れ目へと指を伸ばし、そっと撫でた。

「あぁっ……あたしの、んっ、アソコ……見られて、んっ、触られちゃってる……♥」

羞恥で足を閉じようとする彼女だが、内腿が俺の身体を挟むだけだ。

俺はそのまま、外側の陰唇を中心に割れ目をいじっていく。

「ああっ……ん、はぁっ……」

愛撫の気持ちよさというよりも、性器を見られ、いじられる羞恥で彼女を感じさせていく。

「んんっ……あぅっ……♥」

指を意識するほどに敏感になり、彼女のそこが潤みを帯び始める。

「ヴェーリエ、濡れてきてる」

「そんな、ん、ああっ……恥ずかしい……♥」

彼女はそう言って顔をそらした。

指先が愛液で湿っていく。

俺はその濡れた指で、彼女の割れ目を押し広げた。

「ああっ♥」

恥ずかしさに我慢できず、声をあげるヴェーリエ。

ピンク色の内側が、濡れながらひくついているのがわかった。

まだ何も受け入れたことのない、処女穴だ。

そこを丁寧にいじって、少しずつほぐしていく。

「あぅっ、ん、はぁっ……」

あふれる蜜で、くちゅくちゅと卑猥な音が鳴る。

「リュジオ、あっ♥　ん、ふぅっ……」

ヴェーリエの声が、少しずつ感じたものになっていく。

「そろそろ良さそうだな」

俺は彼女の膣口から指を離すと、自らの服を脱ぎすて、肉竿を露出させた。

「ヴェーリエ」

「あっ……リュジオ、それ……」

彼女の顔が俺の勃起竿へと向く。

そそり勃つ剛直を見つめて、ヴェーリエがつばを飲んだ。

「いくぞ」

挿入のために、俺は彼女の足を改めて広げさせる。

「あうっ……♥」

恥じらいと期待の混じった声。

そこはもう十分に濡れており、メスのフェロモンを放っていた。

俺はその膣口に、肉竿をあてがう。

「ああっ……リュジオの……男の人のが、当たってる……これが、んっ……♥」

「ヴェーリエ」

俺は彼女を呼びながら、ゆっくりと腰を進める。

「んんっ、ああっ！　ふ、太いのが、あたしの、ん、くぅっ……」

割れ目を押し広げて、肉竿が進む。

そしてすぐに、処女膜に行き当たった。

「あふっ、も、もう入ったの、これっ……？」

「いや、これからだ。いくぞ」

「ん、あぁぁぁっ！」

ぐっと腰を進めると、膜が裂けて、肉棒が奥へと引き込まれる。

熱く濡れた膣内が肉棒を受け入れた。

「あぅっ！　ん、はぁ、熱い、中っ……押し広げられて、んくぅっ……！」

「うぉ……」

入りはしたものの、処女穴はとても狭く、肉棒を締めつけてくる。

俺はまず、彼女が慣れるまで、じっとしていることにした。

「はぁ……あぁ……すごい、これ……あたしの中にリュジオが入ってるの、あぅっ、ん、はぁ……」

初めての挿入を、彼女は徐々に受け入れているようだ。

しばらくそうしていると、落ち着いたようで、彼女がこちらを見つめてくる。

俺はうなずき、ゆっくりと腰を動かし始めた。

「んぁ、はぁ……」

十分に濡れている膣内を、肉竿が緩やかに往復していく。

ぎゅっと締めつけてくる膣壁の心地よさを感じながら、ヴェーリエの様子を窺う。

「んはぁっ……あっ、これ、ん、くぅっ……♥」

最初は受け入れるだけで精一杯という感じだった膣内が、快感を覚え始めているようだ。

ヴェーリエの声も再び色づいていく。

「あっ、ん、はぁ……中……リュジオのが、んっ」

組み敷いた彼女を見下ろすと、その表情がとろけ始めている。

俺はそんな彼女の様子を確認しながら、腰を動かしていった。

「あっ、ん、ふぅっ、はぁっ……♥」

うねる膣襞《ちつひだ》が肉棒を咥えこんで絞り上げてくる。

あまりの気持ちよさに、ピストンの速度も上がってしまった。

「あふっ、ん、ああっ……♥　リュジオ、ん、あぅっ……」

彼女の喘ぎ声を聞きながら、腰を振っていく。

「ああっ♥　すごい、ん、じんじんして、身体の奥から、何かあふれてくるみたいっ……♥」

女として感じていくヴェーリエに比例して、俺も限界が近ずく。

「このまま、出すぞ……」

「んっ……きて……はぁ、あっ♥　ん、ふぅっ……」

抽送の速度を上げて、初めての膣内を突いていく。

襞を擦り上げ、狭い膣内を押し広げていった。

「あっあっ……♥　ん、はぁっ、あたし、ん、はぁっ、なんだかすごく、あぁっ！」

彼女が嬌声をあげて、上り詰めていく。

「きちゃうっ、すごいのっ♥　ん、あっあっ♥　ひぅっ、ん、はぁっ！　あぅっ、ん、あっ、んはぁぁぁぁっ♥」

彼女が大きく声を上げながら、身体をのけぞらせる。

不慣れな膣内がきゅっと収縮し、肉棒をしっかりと締め上げた。

その絶頂の締めつけに促されるように、俺は射精した。

「んぅぅぅっ♥　あっ、んはぁっ♥」

初めてのおまんこに中出しをされて、彼女はただただ、快感に声をあげていく。

「あっ、ん、はぁっ……♥」

出し切った俺は肉竿を引き抜きながら、彼女を眺める。

快感に浸るその姿は艶めかしくて、俺は軽く頬にキスをすると彼女を抱きしめたのだった。

●

本拠地に戻った俺たちは、守旧派の中心である侯爵、そして教会の司教を叩く算段を立てていく。

いよいよ、俺の本来の仕事である荒事の出番だ。目標となった貴族を討ち取ることになる。

「ロケーラ伯爵からの情報で、奴らが同じ日に、別々の会合に顔を出すのがわかっている」

侯爵のほうは、街の奥にある子爵の屋敷で行われる会合に出るようだ。

その屋敷自体が、守旧派貴族の関係者たちの支配地域にあり、街の最奥でもあるため、踏み込むのが難しい場所ではある。

反面、一定の地域を押さえることで、逃げられなくすることも可能ではあった。

屋敷を襲うよりは、ずっと狙いやすいといえる。

問題はといえば、俺たちの組織の戦力だ。

ターゲットとなるデスプレーゾ侯爵は大物だ。同時に司教を襲うことで戦力を二分するとなれば、強引に制圧するには人数が明らかに足りない。

暗殺を行うのが妥当なところかも知れないが、当然護衛の兵士たちは大勢いて、侯爵の屋敷では周囲を十分に固めている。男爵の屋敷であっても、それは同じかも知れないな。

そこを縫って暗殺を成功できるようなら、もっと他の機会でも侯爵を排除することは可能だろう。

しかし現状では、成功率が高いとは言いがたかった。

司教のほうは、教会本部で次の聖女を選定する幹部会議が行われるようで、そちらに出席する。

選定、とはいうものの、実際はすでに守旧派貴族たちとも話が通してあり、聖女になる人間は決まっているようだ。

当日は形式にのっとって、承認を行うということだった。

あとは、正式な継承の儀式に関する日程調整などをするのだろう。

こちらは教会なので、警備についてはそこまで厳重というわけではない。

教会本部に関しては、日々多くの人が訪れる場所でもあり、何の問題もなく入り込める。

そこから会合の行われる建物までは、百メートルちょっとだ。

無論、それなりの警備はあるだろうが、司祭が狙われるとは思っていないはずなので、そこまでではないだろう。聖女がらみの陰謀が露見しているとは、まだ気付いていないはず。

教会は、その上層部が守旧派とべったりなので、危機感が薄いように思える。

ともあれ、教会の襲撃は、侯爵に比べれば簡単だといえる。

しかしここで重要なのは、人々の反感を買いすぎないことだ。

一般人も多くいる教会から、すみやかに撤退しないといけない。

騒ぎが起これば、当然、人々も混乱する。一般人たちを巻き込めば、いくら悪徳司祭を討ったとはいえ、組織の評判は下がってしまうだろう。

襲撃よりも、撤退に重きを置かないといけない。

侯爵側への襲撃に、より多くの衛兵が割り振られるはずだ。教会からの撤退を成功させるためにも、そのように仕向けなければ。

俺たちは街の地図を広げ、襲撃計画を練っていく。

警備の情報や、抜け道の確認。戦力の配分や、互いの合図。

特にタイミングは重要だ。

襲撃のタイミングがかぶるほど、取り締まる側も混乱し、俺たちに有利な状況になる。

反対に、片方がすぐに制圧されれば、もう片方も失敗してしまうだろう。

俺はデスプレーゾ侯爵の襲撃を行うほうに参加する。

これは戦力として期待されているからだが――俺の希望でもあった。

今回の襲撃は、俺たち改革派組織にとっては大一番であり、集大成となる作戦でもある。

侯爵と司教、この二大巨頭を排除することで、守旧派はその方針を大きく崩される。それが、ロケーラ伯爵からの情報でもあった。

無論、それだけで守旧派のすべてを滅ぼせるわけではないが、象徴的な存在の消滅によって、世間の空気は変わる。

その後は、ロケーラ伯爵を中心とした、改革派貴族が勢力を広げていくだろう。

彼らこそ、俺たちよりもずっと前から準備をしてきているのだ。

俺たちの組織はロケーラ伯爵を支え、数々の作戦を実行してきた。敵を減らし、ロケーラ伯爵が動きやすいように情報を交換し合った。その結果が、ついに実を結ぶのだ。

ロケーラ伯爵たちの戦いはそれからが本番だ。その先兵である俺たちフレイタージュにとっては、実質的にこれが、最後の大きな活動になる。

だからできる限りの戦力を投入するし、仲間たち自身の希望も聞く。

守旧派貴族に故郷を焼かれた俺は、当然、その親玉である侯爵を討つほうへ向かうわけだ。

そうして計画を立てていた俺たちの元に、伯爵からの至急の使者が訪れた。

残念ながら、それは悪い報せだった。

「西部で蜂起した改革派組織が、守旧派に敗れた」

「西部か……そちら側とは接触したことがなかったな」

「ああ。フレイタージュの活動が活発になり、改革派が力を持ち始めたのを受けて、新たにできた組織だ。我々も直接は関わりがないが……」

ロケーラ伯爵が支援しているわけではないようだ。ただ、改革派同士だということで、情報は入ってきたという。

繋がっている組織ではないといっても、改革派の敗北は無関係ではない。

「西部のほうはそれでまた、守旧派に傾いたのか？」

「ああ。組織を支援していた、何名かの改革派貴族が処刑されてしまった。今は守旧派が優勢だ。改革派だった人間は萎縮して、息を潜めている」

「俺たちの計画に波及するほどではないが、旗色が悪くなったのはかわらないか」

「ああ。勢いという面では、守旧派が少し取り戻したといっていいだろう」

守旧派も改革派も、中心となる人物や組織の人間は多少のことでは揺れないが、大衆は違う。

結局のところ改革は、情勢によってふらふらと行き来する人々の心をつかめるかどうかだ。

勝負どころだな。

多くの人がこの国の行き詰まりを感じてきて、改革へと傾きつつあった。

しかし、西部のように守旧派が改革派組織を追い詰めていくと、そちらにつくのは危険だと思われ、みんなが保身に走る。長い年月の支配体制は、しっかりと心に根付いてしまっている。

「厄介だな」

「ああ、まったくだ」

まだまだ、どう転がるかは、わからないか。

それでもまずは、俺たちが成功しなければ、どうしようもない。

もし失敗したなら、それを足がかりに、一気に守旧派が力をつけるだろう。

目の前の作戦を成功させるしかない。

どこまでいっても、俺に出来るのは戦闘くらいなのだから。

●

大まかな全体の計画を立て終え、ここからは襲撃メンバーの選出と、詳細の詰めに移行していく。

侯爵討伐についての作戦を、しっかりと決めておく必要がある。

俺は一番前に出て、侯爵を討つ役割りのひとりとして戦うことになる。

本来ならサポート型である【増強】スキルだが、様々な使い方を試してきた結果、今では敵への操作を含め、前線でも活躍出来るようになっている。

これは、復讐のために手に入れた力だ。その仇討ちの旅路も、もうすぐ終わる。

侯爵と司教を排除することが出来れば、改革派の力が上回り、この国は変わっていくことだろう。

守旧派たちに搾取される一方の状態から、人々は解放されるのだ。

俺は机に向かい、作戦について、そしてこれまでについてを考えていた。

「ね、リュジオ」

そんな考え事の最中に、いつのまにかタルヒが部屋に入ってきていた。

旅先など、気を張る場面では人の接近に気付きやすい俺だが、ここは自室であり、タルヒが側にいるのも自然なことであるため、反応出来なかったようだ。

彼女に対しては、こういうことがよくある。

気づかぬうちに隣にいる、部屋に来ている、なんてのは日常茶飯事だ。

そんな俺たちの距離感は、昔から変わらないのかも知れないな。

「思い詰め過ぎちゃ、ダメだよ。心を休ませておくのも大切」

「ああ、それはわかってる……けど、これで最後なんだ」

「……そうだね」

彼女は小さくうなずいて、俺の後ろへと来た。

そしてそのまま、椅子に座っている俺を背中側から抱きしめる。

細い手が首から胸のあたりへと回り、首筋には彼女の髪が触れた。

椅子に背もたれがあるため、爆乳が触れないのを少し残念だと思う。

そんな余裕があるなら、彼女が心配するほどには、俺も追い詰められてはいないのだろう。

「今回の作戦、これまでで一番の規模だよね」

「ああ、そうなるな」

侯爵も司教も、今の守旧派の支柱となっている人物だ。

特に侯爵は、流れが悪いのがわかっている分、かなり警戒しているだろう。

これまでは、チャンスを持って電撃的に襲撃を行っていた。

今度はいつもよりずっと、危険度が高い。

「こっちだって、被害がゼロとはいかないと思うよ」

「そうだな……」

基本的に、フレイタージュのメンバーは、世の中を良くするために、犠牲になることも覚悟はしている。だから今度の作戦でも、目的さえ達成し、それがこの国の未来に続いていくのなら、自分がそこで終わるということも受け入れているはずだ。

それだけの思いがあってこそ、こういう活動をしている。俺自身もそうだ。

燃えていく村を覚えている。

守旧派が居座り、自分たちの利益を優先する限り、ああいうことは何度でも起こるのだ。

「侯爵を倒したって、それだけで全部が解決するわけじゃないよね」

「それはそうさ」

俺はうなずいて、続ける。

「守旧派の首魁、デスプレーゾ侯爵を排除するのは重要だ。それで改革派は力をさらにつけて、自分たちのことしか考えない守旧派を洗い流していく。そこに関しては、信じるしかない」

少なくとも、俺たちを支援してくれているロケーラ伯爵は、自分の利益を守るために村を焼きはしない。

そんなのは当たり前のことだが、その当たり前を出来ないのが、今の守旧派貴族たちなのだ。

「わたしたちだって、守旧派貴族とその取り巻きだからって、襲いかかってるんだよ。それは伯爵も同じ」

「何もかも綺麗には出来ないさ。そこにあるのが自分の理想なのか、他のことなのか」

自分たちを正義だとは思っていない。

守旧派貴族がやっていることは大きな悪だが、自分の利益を優先していくのは、商人だってそうだろうし、一般人でもよくあることだ。

ただ、そのやり方が行きすぎた搾取であれば、やりかえされるのも仕方のないことである。

森を焼いて領地を拡大していく人間が、動物や自然環境に仕返しされるのと、そう大きくは変わらないかも知れない。

「リュジオは……」

タルヒの声が、後ろから耳元をくすぐった。

「昔よりはだいぶ落ち着いているし、それだけじゃないのもわかるけど……結局はまだ、ずっとあの日にいるんだね。わたしたちの村が、燃えた日に……」

「タルヒ……」

それは、認めざるを得ないものだった。

俺は、少なくとも俺の一部は、あの日にずっと取り残されている。

もし、故郷が焼かれていなければ——俺はこうも熱心に、守旧派を討とうなどと思って行動することはなかっただろう。

結局は、そういう視野で生きている。

ロケーラ伯爵をはじめとした、改革派貴族が力を持ち、彼らの目指す国になっていくほうが、多くの人にとっては良いのだと、俺は信じる。

しかしそれだって、万人にとってそうだとは言い切れない。

それでも、権力が固定されたまま搾取し続ける構造を変えてこそ、人々がそれぞれに立ち上がり、自由に生きていくことができるのだ。

俺はそのほうが、ずっと良い世界だと思っている。

しかし、それも【増強】というスキルがあり、戦う力を得た人間だからなのだろうか。

自由な世界は、今よりも多くの実力を人々に求めるだろう。

平等に力を発揮できるようになる代わりに、能力が劣れば、平等に虐げられる。

それを喜ぶ人ばかりでもないというのが、難しいところだ。

「リュジオは、そういうのも考えた上で、これが正しいって思うんだね？」

「ああ、そうだ」

そこについては、うなずける。

少なくとも、今のままでいいはずがない、というのは俺にとって明白だ。

問題がすべて解決するわけじゃない。取りこぼすものもあるに決まっている。

それでも、この状況に甘んじて、行き詰まりを受け入れるのが良いことだとは思えない。

「そっか。やっぱり、一緒に逃げてはくれないね。うん……それがリュジオだよ」

彼女はうなずくと、俺の首筋へと顔を埋めた。

「リュジオが決めてるなら、わたしはついていくよ。信じてる」

俺も、胸に回されている彼女の腕を撫でた。

細い。昔から変わらない、優しい女の子の腕だった。

立ち上がると、彼女が俺から離れる。俺はそんなタルヒを抱き上げた。

「きゃっ、もうっ……」

彼女は驚きに声をあげながらも、嬉しそうに俺にしがみついてくる。

そのまま、彼女をベッドへと運んだ。

「んっ……」

ベッドに横たえられると、唇を突き出してくるタルヒ。

そんな彼女にキスをして、魅力的な身体に覆い被さった。

「ん、ちゅっ……♥」

タルヒがも俺に抱きつきながら、キスをしてくる。

「れろっ、ちろっ……」

そして舌を伸ばして、互いに絡め合う。

口を離すとすぐに、彼女が身体をずらしていく。

ベッドの上をずり下がって、俺のお腹当たりまで降りていった。

「えいっ♪」

そしてズボンに手をかけると、下着ごと脱がしていく。

お返しにタルヒの胸元をはだけさせると、たわわな爆乳が揺れながら現れる。

タルヒは自らの乳房を持ち上げるようにすると、まだ大人しい肉竿を谷間へと包み込んだ。

柔らかな双丘が肉竿をむにゅっと圧迫する。

その気持ちよさを感じていると、彼女が体勢を変えようとした。

より動きやすくするためだろう。

俺はそれに従って、仰向けになる。

今度は彼女が上になり、あらためて爆乳で肉竿を包み込んだ。

「むぎゅー♪」

ボリューム感たっぷりの柔肉に包み込まれ、そこに血液が集まっていく。

「んっ……わたしのおっぱいの中で、リュジオのおちんちんがどんどん大きくなってるね♪」

彼女は楽しそうに言うと、両手で自らの胸を寄せるように動かした。

乳房が肉竿をぎゅっと包み込んで、柔らかさをこれでもかと伝えてくる。

「ふふっ、勃起おちんぽの先っぽが、谷間からちょこんって出てきちゃってる……♪」

タルヒは胸の間から突き出た亀頭に顔を寄せた。

「れろぉっ♥」

そして舌を伸ばして、舐め上げてくる。

温かく濡れた舌が、敏感な先端を刺激してきた。

「ちろっ……ん、ぺろっ……張り詰めた先っぽが濡れて、すごくえっちだね……ちろろっ！」

「うぁ……！」

胸を寄せて肉棒を圧迫しながら、亀頭を舐めて快感を送り込んでくる。

「ちゅぷっ、ん、はぁ……おちんぽも濡れたし、これならもっと動かせるね。えいっ！」

「タルヒ、うぉ……！」

彼女は亀頭から口を離すと、今度はその爆乳を大きく動かしていった。

柔らかな双丘が肉竿をむにゅっと挟みながら擦り上げてくる。

その気持ちよさに声を漏らすと、妖艶な笑みを浮かべてさらにその爆乳を上下に揺らしていった。

「ん、しょっ……おっぱいに挟まれて、んっ♥　こうやって擦り上げられるの、気持ちいい？」

「ああ……すごく」

うなずく間にも、その柔らかな爆乳が肉竿を刺激する。

「ん、おちんぽがわたしの胸の中で、ビクビクしてる♪」

「ああ……タルヒ、そろそろ……」

「いいよ。わたしのおっぱいで、んっ、精液、ぴゅっぴゅしちゃって♥」

むにゅーっと寄せられて、エロくかたちを変えていくおっぱい。

肉竿が柔らかく圧迫され、そのなめらかな肌が擦り上げてくる。

「ほら、イっちゃえ♪　むにゅむにゅ、むぎゅー！」

「あぁっ！」

情熱的な爆乳パイズリで、俺は射精した。

白濁が谷間から吹き上がる。

「きゃっ♥　すごい勢いで、精液が出てる、ちゅっ！」

「うぉ……」

彼女は亀頭に吸いついて、精液を吸い上げた。

「ちゅぱっ、じゅるっ……」

射精直後の肉竿を吸われる気持ちよさに、腰が跳ね上がる。

「んむっ、はぁ……♥」

そのまま精液を吸い出すと、ゴクリと飲み込んでから口を離す。

肉竿が、おっぱいからも解放された。

「あぁ……リュジオ、んっ……♥　次はわたしの中に、この逞しいおちんぽ♥　挿れて♪」

「ああ」

俺はうなずくと身を起こす。

「タルヒ、四つん這いになって」

「うんっ♥」

彼女は素直に四つん這いになり、丸いお尻をこちらへと向けた。

あらわになった下着。

その中心、割れ目の部分はもう濡れており、秘部のかたちを赤裸々にさらしてしまっている。

俺はそんな彼女の下着をずらし、膣口へと肉棒をあてがった。

「んんっ♥　リュジオの熱いおちんぽが、わたしのおまんこをツンツンして、んんっ♥」

彼女の愛液で亀頭が濡らされていく。

俺はゆっくりと腰を前へ出し、温かな膣内へと侵入していった。

「んあぁっ♥　お腹の中、来てる、んぅっ！」

熱い膣内が肉竿を受け入れて、締めつけてくる。

四つん這いの彼女が、さらに深く肉竿を飲み込もうとお尻を突き出してくる。そのドスケベなおねだりに俺の欲望も高まり、パイズリで射精した直後とは思えないほどに滾ってしまう。

「ん、はぁ、リュジオの硬いのが、わたしの中を押し広げて、んんっ……！」

タルヒがきゅっと、おまんこを締めてくる。

膣道が肉竿を圧迫するのを気持ちよく感じながら、俺は腰を動かしていった。

「ああっ♥　ん、はぁっ……！　ふぅっ、んっ……」

蠕動する膣襞《ちつひだ》をゆっくりと擦り上げていく。

突くごとに愛液があふれだす蜜壺を、かき回して楽しんだ。

「んはぁっ♥　あっ、んんっ、あぅっ……！」

彼女も嬌声をあげて感じていく。

俺はさらに抽送の速度を上げて、タルヒのおまんこを味わっていった。

「あっ、だめっ、気持ちよすぎて、んぁっ♥　力ぁ、入らなくなるぅっ……♥」

快楽に喘ぐ彼女は、その言葉通り四つん這いの姿勢が崩れていく。

「ああっ、リュジオ、ん、くぅっ♥　あっあっ、そんなにおまんこ、ズブズブされたらぁっ……！　ん、はぁっ！」

快感で上半身を崩したタルヒの嬌声が高まっていく。

お尻だけを高く上げている姿は、むしろ、もっとしてほしいと誘っているかのようだ。

蜜壺もしっかりと肉棒を咥えこみ、刺激してくる。

俺はその期待に応えるように、ピストンの速度を上げていった。

「ああっ♥　んぁ、そんなに、パンパンしちゃだめぇっ……♥」

タルヒは可愛らしい声を漏らして、腰をまた突き出してくる。

膣襞が肉棒を扱き上げ、もっともっととねだってくるかのようだ。

その気持ちよさに促されて、俺は腰を打ちつけていく。

「んはぁっ！　あっ、ん、くぅっ♥」

彼女はそのまま、お尻だけを高く上げた格好で感じていく。

エロく乱れる幼なじみを眺めながら、ピストンを続けていった。

「んはぁっ♥　あっ、わたし、ん、くぅっ、もう、イクッ！　あっ、ん、はぁっ！」

大きな白いお尻を震わせながら、タルヒが昇り詰めていく。きゅっと、アソコが俺を締めつけた。

「あぅっ、ん、おまんこイクッ！　んぁっ、あぁっ♥」

その予兆で俺もこみ上げてくるものを感じながら、腰を強く打ちつける。

「んはぁぁっ！　あっあっあっ♥　イクッ、ん、もう、イクゥッ！　んっ、あっあっ、イクイクッ、イックウウゥゥウゥッ！」

「おぉ……！」

彼女が叫びながら絶頂を迎える。膣内が収縮し、入口も肉竿の根元を強く締めあげてくる。

「ぐっ、出るっ……！」

「んはぁっ♥　あっ、イってるのにぃ♥　いま出されたら、あっ、ん、はぁっ！」

「いくぞ！」

どびゅっ！　びゅるるるるるっ！

俺も絶頂おまんこ締めつけに促されるように、勢いよく射精した。

「んあぁぁぁっ♥　熱いの、出てるっ、中、いっぱい、んはぁっ！」

中出しを受けてまた、さらなる嬌声をあげていくタルヒ。

俺はその膣内に、精液を存分に放っていった。

「あふっ、んはぁ……♥」

すっかり出し終えると、肉竿をそっと引き抜く。彼女はそのまま、ベッドへと倒れ込んだ。

「あぅぅっ、気持ちよすぎて、んっ……力入らないよぉ……」

タルヒはベッドの上でそう言った。脱力している彼女の隣に、俺も倒れ込んだ。

「んっ……」

そんな俺に、タルヒが抱きついてくる。

俺も抱きしめ返して、そのままいちゃいちゃと過ごすのだった。

●

作戦の参加メンバーが決まり、詳細も詰まっていく。

やはりどうしたって、侯爵側のほうが数が多く戦力では勝るため、真っ正面からただぶつかるだけでは、鎮圧されてしまう可能性が高い。

その中で上手く懐へと潜り込み、侯爵を暗殺できればいいのだが……。

侯爵のところへ辿り着くためには、それなりに護衛とはやり合って、動きを止める必要があるな。

もっとじっくりと仕込みを行えるならいいのだが、なにせ守旧派貴族の支配地域だということで、通常は足を踏み入れるのさえ危険な場所だ。

特に今は向こうも警戒しており、地域に入っただけでも俺たちは捕まる。

味方の戦力が劣るのはいつも通りだが、事前準備の難しさでは、これまで以上に不利な戦いだ。

それでもやるしかない。そして上手くいけば、大きな前進が見込まれる。

時間的な余裕は、まだある。できる限りのことをしておこう。

こういった作戦が上手くいけば、貴族同士の私兵が全力でぶつかるような、大きな戦闘は回避できる。だからこその、俺たちの活動なのだ。

そんなことを考えていると、部屋にヴェーリエが訪れた。

「リュジオ、いま大丈夫？」

「ああ。どうした？」

「少し、話しておきたくて」

俺は彼女を部屋に招き入れた。

聖女候補だった彼女は、当日の作戦では教会へと向かう。

あのとき、「仲間になる」と言ったヴェーリエは期待以上に本気だったようで、とても協力的だ。そしてこの作戦にも、参加してくれている。

彼女がいることによって、裏道などを含めた教会内部の情報が増えて、かなり助かっていた。

危険だが同行してもらえるなら、司教の襲撃のほうは、かなり成功率が高まるだろう。

とはいえ、それは侯爵襲撃との比較であって、無傷で易々と達成できるというような状態ではない。場合によっては俺たちだって、これが最後になるかもしれないのだ。

俺たちはバルコニーに出ると、並んで街を眺めた。

夜の街はもう明かりも少なく、暗い。子供の頃はこういった、暗い時間が怖かった。

けれど今では、暗く静かな夜にこそ安心感を抱く。ただあるがままの暗闇に。

「ヴェーリエは、教会から逃げ出したんだよな」

「うん……」

俺にとっては、守旧派貴族……その首魁であるデスプレーゾ侯爵は、故郷を焼いた敵《かたき》であり、この国を正常にするために討つべき悪だ。

改革派がもっと力を持てば、少なくとも連中のわがままで、村や街が焼かれることはなくなる。

しかしヴェーリエにとっての教会は、思うところは当然あるとしても、幼い頃から育った古巣でもあるのだ。司教についても、普通に話したことぐらいはある相手だろう。

そういったやりにくさは、あるのかも知れないな。

それとなく尋ねると、

「大丈夫。司教や教会の裏の部分も知っているから、躊躇《ちゅうちょ》する気持ちは少ないよ。リュジオたちが、シスターや礼拝に来ている人々に被害が出ないように考えてくれてるのも嬉しい。でもね……」

彼女は遠くを眺めながら言った。

「リュジオは……大丈夫？」

彼女の問いかけに、俺はうなずく。

「ああ。俺は平気だ」

元は田舎騎士。今はロケーラ伯爵率いる改革派の先兵である俺にとって、今回がおそらく最後の仕事になる。

ついに復讐の成就だ。良くなっていくだろう世界への期待とともに、これでやっと終われる、という安心感ももちろんある。だからこそ、やり遂げたい。

「リュジオ……過去は変えられないけれど――」

彼女はこちらを向きながら続けた。

「これから先のことは、自分たちで変えていけるよね」

「そうだ。そのために戦ってきた」

そのためにこそ、侯爵を討ち、守旧派を衰退させる。俺たちがそれをやるんだ。

「国のこともそうだけど、もっと小さなこと――リュジオ自身のこともね」

「わかってる……ありがとうな」

ヴェーリエは教会を出て、以前よりは自由を得た。

そして今は、フレイタージュに合流している。強制的だった聖女候補ではなく、今度こそ、自分の意思で選んだ道だ。自分自身のために。

教会を抜け出せた時点で、すべてから逃げ出すことも可能だったはずだ。

しかし、逃げ出しただけでは、彼女の心は満たされなかった。

俺たちと共に司教を打ち倒し、教会の体質が変わっていけば、そのときに真の意味で彼女は過去から自由になるのだろう。

「ね、リュジオ。今回の作戦が上手くいって、改革派の貴族たちとももっと協力できて……世界が変わっていけたら――。どこかここから離れたところへ行って、のんびり過ごさない？」

「ああ、それはいいかもな」

「あちこちに行くのもいいし、気に入ったところがあればそこで長く過ごすのもいい。これまでが明確な一本道だった分、ふらふら寄り道できるような時間を過ごしましょう」

「そうだな。いいかもしれない」

「約束だからね？」

彼女はこちらを見つめて言った。それはおそらく、俺がこの作戦を簡単だとは考えていないことを――侯爵と自分が差し違えるのが最速で確実だ、とさえ考えていたことを見抜いてのことだろう。

俺はまだ、復讐をゴールと考えていたようだ。

故郷の燃える景色。

大切な人たちが焼かれていく光景。

無力だった自分。

アミスの治療で心も持ち直したとはいえ、根本的な部分では、何もかもなかったことには出来ていなかった。そこを見抜かれてしまい、ヴェーリエに気を遣わせてしまったようだな。

もっと先へ。未来のための約束――。

作戦と称して、多くの悪事も働いてきた俺の人生に、まだそんな幸福が残されていたなんて。

突然の提案だったがそこに不安や窮屈さはなく、むしろ楽しみだと感じていた。


ヴェーリエが部屋に戻った後も、俺は改めてバルコニーへ出ると、街を眺めた。

故郷とは違う、石造りの街。人も多く、大きな街だ。

ヴェーリエとの約束は、不思議な感覚を俺にもたらしていた。

それはこれまでまったく考えていなかった、復讐のその後を自覚させたからかも知れない。

この戦いが終わったら――そんなことは思う余裕すらなかった。いや、目を背けていたんだ。

復讐という原動力を、失ってしまったあとのことを。

組織に全力を注ぐという覚悟でもあったが、人生からの逃げでもあったかもしれない。

そうすることでしか心を保てなかった時期は確かにあったけれど、いつまでもそれに縋《すが》りすぎていたのだ。

本来ならば、あらゆる感情は風化していく。喉元を過ぎて、思い出になっていく。

振り返れば、復讐を決めた以前の自分というものが、もうほとんど思い出せないほどだ。

「大丈夫だよ」

後ろから声がかかる。振り向かなくても、それがタルヒだということはわかっていた。

相変わらずだな――そう思いながら、彼女が隣に来るのを待った。

「ヴェーリエもアミスも、それにフレイタージュのみんなもいる。だから今のリュジオは、もう大丈夫だよ」

けれど彼女は隣へは来ず、後ろから抱きついてきた。

「これまで、頑張りすぎなくらいだったから」

「それは――」

「復讐も大切だし、それが他の人のためにもなるっていうのも、わかるよ。だからわたしは、リュジオについてきてる」

彼女は俺の背に顔を埋めながら、続ける。

「だけどリュジオは、復讐だけを考えなくたって、大丈夫。わたしたちは、全部をリュジオに背負わせたいだなんて、思ってないよ」

彼女の息が、俺の背中をわずかに湿らせていく。

「こうやって言えるのも、みんなが――アミスやヴェーリエがいてくれたからだね」

「俺は……そうだな。戦いが終わったら、まずはのんびりしながら、この先のことを考えてみるか」

そう言って、身体に回っている彼女の手を撫でた。

「タルヒも、本当はもう少し静かなところのほうが好きだろ？」

「わたしは多分、リュジオほど田舎が好きなわけでもないけどね」

そう言う彼女だったが、優しげな手つきでこちらを撫でてくる。

俺は一度彼女から離れ、振り向いた。そして正面から彼女を抱きしめる。

「タルヒも一緒に……考えてほしい」

そう言うと、彼女は一瞬驚いた後で、優しく抱きしめ返してきた。

「もう、急に甘えたみたいなこと言うんだから」

そう言って、恥ずかしそうに付け加えた。

「リュジオが望むなら、わたしはずっと一緒だよ」

# 第四章　決戦

その日は朝から、街中がピリピリしていた。

もとから貴族の居住地域とはいえ、守旧派たちの会合が行われるとあって、多くの護衛が集まっているのだ。

その威圧感は街の人々にも伝わる。

今は改革派に対する熱も上がってきている。守旧派の護衛は普段よりずいぶんと厳重で、彼らは周囲を常に警戒していた。

その視線は、関係のない街の人々にも向けられる。

どこに改革派が紛れているかわからない以上、その警戒自体は何も間違っていないが、市民の側からすれば、理由なく疑われるというのは、いい気分ではないだろう。

ただでさえ、守旧派がいかに庶民を養分にして私腹を肥やしているかが明るみに出てきている状態である。

だからといって、現状を変えるために行動するような気概はない市民たち。しかし、変わるなら変わってくれたほうがいいと思う人間が多いことは、護衛たちも知っている。

いつ敵になるか分からない、多くの庶民に囲まれているも同然だ。

そんな中での警戒と威圧は、お互いの不信感を増す一方である。

これまでの悪行の結果といえばそれまでだが、そう言った市民の反感は、守旧派の人間たちをピリつかせている。

守旧派に迎合しない街の空気は、俺たちとっては利になる。

フレイタージュの襲撃メンバーたちは、事前の作戦通り、広がりを持ちながらじりじりと、守旧派貴族たちの屋敷がある地域に迫っていた。

緊張感の増す街中だが、それでも日常通り過ごす者、好奇心から様子を窺う者、家の中に籠もる者など、様々な人の気配に満ちている。

襲撃自体の情報は、洩《も》れていないはずだ。ここまでは上手くいっている。

侯爵襲撃の一部隊である俺たちは、予定した守旧派貴族エリアへの侵入地点に近づいていく。

相手がこちらに気付かないように、ある程度の距離を保って、その様子を確認する。

ここから攻め込むのは、五人一組の三チーム、十五人だ。

開始までまだ時間のある今は、各チームごとに少し離れて、様子を窺っている。

「聞いていたとおり……いや、それ以上のに護衛がいるな」

同じ部隊の隊員が、周囲を探りながら言った。

「向こうも、悪い流れを感じているんだろう。西部では改革派組織を押さえ込んだとはいえ、中央であるこちらでは、まだまだだ」

「だな。街の人々も、こっちの味方だ」

味方、というほど積極的に肯定してくれているとも思えないが、少なくとも守旧派側について、こちらへ立ち向かおうという空気でないのは幸いと言えた。

「しかしこれだけの護衛を切り抜けるのは、やはり難しそうだな」

「正面突破は、最初から考えてないさ」

歩哨に立っているのは二人程度のようだが、そのすぐ奥に十名ほどの衛兵が控えている。

全体を警備している兵士はもっと数多くいるし、会議が行われている屋敷付近になるほど、それは厚くなっていくだろう。

屋敷付近については、下調べすらままならなかった。ただ、今回の会議に併せて搬入された食料などの量から、大まかな人数が予想されているだけだ。

厳しい局面だが、嘆いていても仕方がない。

襲撃エリアそのものに仕掛けが出来なかったぶん、俺たちに出来るの策は、多方向からの攻撃による目くらましくらいだ。

戦力で勝てない以上、相手の指揮系統を混乱させて、その隙を突くしかない。

あるいは――。

「リュジオ、開始前の合図だ」

連絡係がこちらへと告げた。

「ありがとう。備えてくれ」

そう言って、俺自身は視線を街のほうへと向ける。合図から開始までは5分。

この位置からなら、よほどのことがない限りはもう、気づかれることはないだろう。

だが、それでも緊張してしまう。これは……武者震いではなさそうだ。

自分でもわからない、おかしな胸のざわつき。勘のいいヴェーリエがいれば、俺の無意識が何に不安を抱いているかも、言い当てたかもしれない。

そんなことを考えた。

「なんだ、あれ」

考え事の隙間に飛び込んできた光景は、街中での人だかりだった。

中心では、中年男性が声を張り上げている。

「貴族たちは今まさにあの豪邸で、俺たちから肉やパンを奪うための算段を立てているのだ！」

その主張に、周囲の人だかりが賛同の声をあげる。

「奴らを許せるか？　これ以上、俺たちに苦労を強いる貴族たちを！」

「あれは、こちら側の仕込みか？」

俺は側にいたメンバーに尋ねる。

「いえ、聞いてません。偶発的なものでしょう」

「どうしますか？」

連絡係の仲間が、俺に尋ねてくる。

「予定は変えられない。俺たちは作戦通りやろう」

「わかりました」

俺は盛り上がる民衆を眺めた。

「味方、か……」

先程は心の中で否定したが、どうやら、あながち間違ってもいなかったらしい。

「助けてもらったら？　ああ言ってるんだし」

タルヒが俺の隣でささやいた。

「助けてもらう……？」

「集まっている人たちだって、わたしたちと同じで、守旧派が支配する状況を変えたいって思ってるんだよ」

「ああ……」

俺は口の中で小さく呟いた。

戦力が足りない現状だ、援軍のようになってくれるならありがたい。

俺のスキルなら、彼らのなにかを【増強】させて、このままこちらの部隊に入ってもらうことも可能だろう。

そういった類《たぐい》の【増強】はあまり行ってこなかったが、それが本来のサポートスキルというものだ。

出来るかどうかといえば出来る。一般人を巻き込むべきか……。しかし今は、綺麗ごとを言っていられるほど余裕があるわけではない。

「戦うだけじゃないよ。他のやり方もあるよね？」

「……そうだな」

俺は集まっている人々へ視線を向けて、彼らの勇気を【増強】させた。

彼らの熱意は、このあとどこへ向かうのか。それが俺たちの利になってもならなくても、見てみたいと思った。

【増強】を駆使して支配下に置くことはせず、彼らは彼らで、俺たちは俺たちで、思うことをすればいい。それに賭けてみた。

「時間だ」

俺たちは予定通り、襲撃を開始する。

精鋭の十五人が同時に駆け出したので、監視していた兵士も、当然その動きに気づく。

「お前たち、何者だ。そこで――」

接近したこちらへと体を向けた兵士ふたり。

仲間のひとりがその左側に斬りかかるのと同時に、俺が右側の兵士を処理する。

相手はまだ武器を構えようとしていたところだったので難なく打ち倒し、貴族の地域内に侵入した。貴族の屋敷が並ぶ区画は、庶民が暮らす街よりも整えられており、石畳も細やかで馬車が走りやすくなっている。

付近にいた兵たちがすぐに集まってくる。十名を超える兵士たちだが、こちらも十五人いるため、この瞬間だけに限れば、数では勝っている。

しかし護衛はまだまだ奥にも控えているし、俺たちの目的はあくまで侯爵の討伐だ。兵士を律儀に相手していては、こちらの消耗が大きすぎる。

「このまま走り抜けるぞ」

最初のひとりを【増強】した身体能力で捕まえ、投げ飛ばして、駆け寄る兵士たちにぶつける。

味方をぶつけられて混乱した兵士たちを強引に突破し、侯爵たちが集まる奥の屋敷を目指していった。

騒ぎで衛兵がさらに集まってくるが、連携がとれているわけではなく、各々が異変を察知して行動しただけのようだ。その動きはまだ、統率がとれているとは言いがたい。

元々、この地域の警備の人数は多い。そんな貴族のエリアに、本当に入ってくるとは思っていない兵士もいただろう。油断が見える。

すると後ろのほうで大きな音がして、それと同時に火の手が上がり始めた。

「あれは、さっきの民衆か!?」

メンバーのひとりが振り返って言った。

衛兵の一部は、その騒ぎに気をとられて、そちらへと足を向けた。

俺たちを放置は出来ないが、かといって民衆も放置できるものではない。数は民衆のほうが、ずっと多いのだ。

場合によっては、あちらの被害のほうが大きくなりそうだしな。

当然、それによって目の前の兵の数はだいぶ減った。

「よし、予定どおり各部隊に分かれて、侯爵を狙うぞ」

「了解!」

俺たちは五人一組の部隊に分かれ、三方向へと散っていく。

もとより人数の不利は前提だ。

あちこちから襲撃することで相手の防御を崩し、誰かしらが侯爵を討つ、というのが作戦だった。

決してスマートな戦い方ではない。

それでも、そのままどんどん奥へと進んでいく。

貴族の住宅エリアは広く、一つ一つの屋敷も大きいため、街にあるような裏道の類《たぐい》はほとんどない。見通しのいい場所がほとんどなので相手の位置がわかりやすいが、こちらが身を隠すスペースもほぼないため、突き進むしかなかった。

柵を乗り越えて個々の屋敷に入れば、一時的になら衛兵をまける可能性はあるが、襲撃がすでにばれている以上、時間が経って、会議場の守りを固められるほうが厄介だ。

会場となる屋敷まではまだ距離がある……。

元々、手が足りないのは承知の上。

さきほどの民衆によって、想定よりは、事態が有利に動いている。

市民の住宅街であれば、密集した建物の上を走って、直線距離で移動するということも可能なのだが、貴族エリアでは大きな庭がそれを阻む。

襲撃としては最大限に不利な状況だが、相手の本拠地なのだから、そういうものだろう。

「キリがなさそうだな。あちこちに兵がいる……」

仲間たちが不安そうな声を出す。

それも仕方ないと思えるほど、そこかしこに敵兵が見えた。

頭で考えていただけの数の差とは違うリアルな怖さ。実際に目にする迫力は別物だ。

フレイタージュはこれまでも、数の不利を覆すことで作戦を成功させてきた。

だからこそ改革派の声も大きくなり、組織の名は知られるようになっていった。

確かにそれは、優れた結果だと言えた。声を潜めるしかなかった人々を、勇気づけるにふさわしい戦果だ。

今回の作戦も上手くやりおおせて、守旧派の侯爵を討つ。必ずだ。

どんな状況だろうと、俺たちはやるのだ。

俺に限らず、いま弱音を吐いた仲間だって、そのつもりで臨んでいるはずだ。

あるときは森の中での奇襲によって。

あるときは街中に仕掛けた罠を活用して。

あるときは内通者による有利な暗殺で。

様々な策で逆境を乗り越えてきたが、今日は圧倒的な不利を承知である。

フレイタージュの行動への自信と信頼。それはそういった策によるものが大きいのだろう。だから、仲間の中には不利な状況へのプレッシャーに弱い者もいる。

それでも状況は変わらない。このまま何とかするしかないのだ。

「大丈夫だ」

俺は彼らの勇気を【増強】させた。

「いくぞ」

そして自ら先陣を切って、目的地へと進む。

そんな俺たちを止めようとする兵に斬りかかり、【増強】した動体視力で相手の攻撃を見切ると、そのまま反撃で沈める。

剣を振り下ろした隙《すき》に襲いかかる兵士には、身体を低く動かして蹴りを入れた。

振り向きざまにも剣を振るい、またひとり切り捨てる。

俺が兵士たちを難なく切り伏せていくのを見て、仲間たちも徐々に動けるようになっていった。


意図せぬタイミングで街の人々も参加してきたことで、想定以上に人がなだれ込み、あちこちで衝突が起こっている。

「クソ、こっちにもいるぞ！」

「火を止めろ！　反乱者どもを屋敷に近づけるな！」

兵士たちの怒号が飛び交う。

目的地である屋敷が近づいてきたが、前方に他とは違う、強力な気配を感じた。

「みんなは、左右に散って屋敷を目指してくれ。正面に何かいる」

「リュジオは!?」

「この気配の相手はかなり厄介だ。こいつは俺がなんとかする」

俺が言うと、仲間は一瞬迷を見せたが、うなずいた。

「わかった。任せたぞ」

「ああ」

俺はそのまま、正面の気配へと向かう。姿から、それが騎士だとわかる。

他とは違う力を持った、異質な騎士だ。

そしてそこにいたのは、意外な人物だった。

「リュジオか、久しぶりだな」

そう言って剣を構えたのは、あのラグバだった。

以前、船で海賊に襲われたときに、一緒になったことのある騎士。

そのときは、彼の主君であるコッファー伯が改革派だったため、彼もこちらに近い立ち位置にいたのだが……。

西部の改革派敗北によって、コッファー伯が守旧派側に回ったため、彼に仕える騎士であるラグバも、この場に加わっていたのだろう。

理屈としてはわかるが。あれほど親しみやすい雰囲気の騎士だった彼が、主君の方針だけで、敵に回ってしまうとはな……。

こうして、敵として立ちはだかることになるとは残念だ。

「そっちについたのか……。やはり、西でのことが原因か？」

コッファー領は、中央よりも西側にある。

そちらでの改革派組織の鎮圧で、直接コッファー伯爵が被害を受けたわけではなくとも、影響はあったのだろう。目の前で守旧派の力を見せつけられたことで、寝返ってしまったのだろうか。

俺の言葉に、彼はうなずいた。

「主君がそう言うのでね。こちらとしては、それに付き従うまでだ」

「このタイミングか……」

俺の立場を差し引いても、いま守旧派に回るのは、あまりいい動きだとは思えなかった。

ずっと守旧派であったならともかく、美しい態度とは言いがたい。

守旧派貴族側からしても、信用できない相手だと思われるだろうに。

ただでさえ、後から合流するほど、認めてもらうには相応以上の結果を出す必要があるものだ。

旗色で簡単に寝返る人間が信用されるには、よほどの手柄がないといけないだろう。

全体を見れば改革派優勢なのは変わっていないわけで、かなり危険な選択に思える。

「ラグバは、それでいいのか？」

俺の問いかけに彼は一瞬表情を曇らせたが、すぐに顔を引き締める。

「そうだな。どんな選択をしても、主君についていく」

「わからないな。沈む船に乗ろうとするなら止めるのが、良き臣下なんじゃないのか？」

情報不足で間違いに気づけないままというなら理解出来るが、コッファー伯はラグバをはじめとした騎士たちを他の地に送っていたわけで、情勢はわかっていたはずだ。

何も市民感情のみで、改革派が盛り上がっている訳ではない。

ロケーラ伯爵たちが勝機を見いだしたからこそ、大々的に動いているのだ。

ただ……様々なしがらみや、すれ違い、選択の間違いの果てに今がある。

過去は変えられない。

そしておそらくこの先も、完全な社会など成立し得ないだろう。

コッファー伯にも、なにか事情があるのかも知れない。

「どうだろうな。それも正解ではあると思うが、俺はそういうタイプじゃないんでね」

ラグバは軽い調子でそう言った。

しかしその声色とは裏腹に、目のほうは覚悟が決まっているようだ。

「騎士って生き方も、なかなかに窮屈だな」

俺が言うと、彼はまたうなずいた。

「そうだな。器用とは言いがたい」

俺たちは互いに剣を構える。長々と話すような場面じゃない。

こうして向き合っていることに残念な気持ちもあるが、互いに引けないならやるしかない。

「いくぞ」

「ああ」

そしてまずは、ラグバが動く。

「真空斬！」

刃が届かない距離で剣を振るうラグバ。

彼の剣からは、斬撃が飛んでくる。

間合いの外からの攻撃に驚きつつ、俺は【増強】された身体能力で回避する。

おそらく、これがラグバのスキルなのだろう。

剣ではもっと近づく必要がある距離から攻撃できるのは、かなりの利点だ。

あきらかに攻撃系スキルであり、騎士向きと言える。

元がサポートスキルだった俺とは違う、エリートというわけだ。

なんとか躱《かわ》したものの、依然として、かなり距離があいている。

ラグバが再び剣を構えた。

あの斬撃をかいくぐって間合いを詰めるのは、なかなかに難しい。

【増強】で身体を強化しており、通常の俺よりも素早く動けるが、それにも限界はある。

元々、俺の【増強】は自分だけを強化するものではなく、グループ全体へのバフというサポートスキルだ。

復讐を誓って以降、使い方や能力そのものが拡大していても、その本質は変わらない。

俺は彼のような、純粋な正面突破向きの戦士ではないのだ。

フレイタージュ内で一目置かれているのも、多人数での奇襲時に結果を出しやすいからであって、こうして根っから戦闘向きの相手と一対一というのは、あまり得意ではない。

しかし作戦上、俺がひとりでラグバと向き合うのが最適だし、ここで屈するわけにはいかない。

ラグバは戦闘に集中しており、心が乱れている風ではない。

彼は騎士として覚悟を決めて、主君のために戦闘を挑んでいる。

こそ状態では、恐怖心を煽るような【増強】によって隙をつくるのは難しそうだ。

それに、はっきりとではなくとも、俺が能力を使うところを船上でも見られているのだ。

ラグバは再び斬撃を飛ばしてくる。

一撃ならかわすことは出来るが、それはこれだけ距離があるからだ。

今の位置は、大通りの中央だった。

左右には屋敷があるが、それも門で閉ざされ、その向こうには庭が広がっている。

雑多な街中のように遮蔽物だらけなら距離の詰めようもあるが、こうもひらけた場所では、飛び道具が有利だ。

「やはり、かなりできるな。しかし、一撃でダメなら、これはどうだ」

ラグバはそう言うと、二度剣を振るう。

最初の斬撃を避け、即座に飛んできた二発目もなんとか躱《かわ》す。

さすがに、一度の打ち込みで飛ばせるのは一撃だけのようなので、動きさえ見ていれば避けられるが……。こうして連続で飛んでくるとなると、厳しいところだ。

このまま時間をかけることで、有利になるのはどちらか……。

スキルで斬撃を飛ばすラグバと、それを回避する俺の消耗戦になるのはよくない。

俺たちの勝敗以外も考えねばならない。襲撃作戦自体は、どうだろうか。

一気に侯爵を討ち取る以外に勝ち筋がないと思っていたが、市民がこちら側について暴れているため、その勢いによっては、時間をかけるほどに相手が消耗していく可能性も出てきている。

ラグバを足止めしておけば作戦が成功するのか、それともすぐにでもここを突破しないとまずいのか。それが読めないため、思い切った動きができないまま、俺は斬撃を避け続ける。

ラグバのほうも俺の動きを観察して、徐々に追い込もうとしているようだ。

近づいては来ないところを見ると、近接系のスキルを併せ持っているという訳ではなさそうだ。

実際、多くの場面においてこの斬撃スキルは有効だし、それ一本で十分だろう。

そして、この特殊なスキルがないとしても、騎士として鍛錬を積んでいる彼の剣術は、それだけでも脅威だ。

【増強】しているからといって、身体能力ならこちらが優位とは限らない。

真っ正面からの斬り合いをそれなりの時間続けるとなれば、やはり一対一の戦闘面では彼のほうが上だろう。

一撃ごとに鋭くなる斬撃を避けながら、俺は考える。

勝利のタイミングがきっと来る。それまでに、道筋を考えておかないといけない。

ラグバの斬撃と、通常では詰められない距離。

左右には門とそこから続く壁だ。下手に寄れば逃げ道が狭まり、斬撃の餌食になる。

ラグバの様子を窺う。斬撃を放つことでの負担を感じている様子はない。

このスキルは、無限に放てるのだろうか？

剣を振る体力の消耗はあるだろうが、負荷の大きなスキルではないようだ。

そうなると、回避する俺のほうがリスクが大きく、じり貧になりそうだ。

遠くで火の手が上がっているのがわかる。

民衆がなだれ込んだことで、貴族側との庶民の街の境界付近は、さらに騒ぎが大きくなっているようだ。

それを感じ取ったのか、ラグバのほうがペースを上げた。

彼にとって、ここでフレイタージュの、そして侯爵襲撃の中心である俺を討っておくというのは必須なのだろう。

だが同時に、民衆を含めた改革派を押さえ込むことも勝利条件だ。

俺やフレイタージュを阻止しても、広がった民衆の動きで会議に集まった貴族を襲われては意味がない。

そして拡大していく暴動は、それを想起させるのに十分なほどになっていた。

対して、俺たちのほうは侯爵さえ排除出来れば、それで守旧派が崩れるという前提に立っている。

フレイタージュが達成した、というのはさらなる追い風になるが、必須ではない。

もとより無茶を通しに来ている側であり、抱え込んでいるものが多いのは相手のほうだ。

だからラグバの意識は暴動にも向き、焦りを生む。

もちろん、一流の騎士である彼は、そのような小さな焦りを抱いたとしても、目の前の敵である俺への集中は切らさないし、その斬撃も鈍ることはない。

だが――。

焦りを抱いたことには変わりない。俺にとっては、十分つけいる隙になる。

俺はその焦りを【増強】させた。

瞬間、ラグバの剣筋が乱れた。

本来感じないほどの焦燥への混乱も浮き出たのだろう。

これまでよりも速い、おそらくは彼自身にとっての最速となるペースで、斬撃を三連続で放ってきた。

本来なら三連撃を避けるのは困難だが、それはラグバが先程までのように、俺の逃げ道を塞ぐよう考えた上で放ってきた冷静な場合だ。

今のラグバは焦燥に駆られ、ただ三回、単調な攻撃をしてきたに過ぎなかった。

そのため、ほぼ同じ目標、同じタイミングでの攻撃となり、俺はこれまでよりも大きく横に飛ぶだけで、易々と避けることが出来た。

そしてそのまま、俺は三連撃の隙をついて一気に距離を詰める。

「くっ……！」

自らの失態に声を出し、剣を構え直すラグバ。

しかし無理な三連撃の隙は大きく、俺が振るう剣が彼に届く。

さすがにそれには反応し、防がれたものの、完全に接近戦の距離になった。

多少下がったところで、斬撃を飛ばすのに適したほどの距離は、もう確保できない。

俺はそのまま剣を振って攻めていく。

こちらの筋力も【増強】されているため、鍛え上げているラグバ相手でも、単純な力では優位だ。

本来、【増強】は範囲強化のサポートスキルであり、そこまで大きなバフはかからない。

だからスキルをまっとうに使うだけだった昔の俺であれば、【増強】してもラグバほどの騎士と打ち合うことは出来なかっただろう。

しかし今の俺は自身の身体をいくつものパーツとして捉え、それぞれに【増強】をかけているため、本来よりも強化幅が大きい。

あとで無理がでるので真っ当な使い方ではないが、それによってこうして打ち合えている。

とはいえ、剣の技術までは強化できない。

身体能力にものをいわせ、このまま一気に攻めきる。

「ぐっ……なんてパワーだ」

ラグバは打ち合うたびに軽く押し負け、消耗していく。

剣がぶつかる金属音が響き、手に軽いしびれがくる。

「このまま押し切らせてもらうぞ」

「させるかっ……！」

こちらの攻撃を防ぐラグバだが、力任せの攻撃を受けきれず、バランスが崩れる。

俺はそこを狙って、剣を振り下ろした。

攻撃に気づいても、姿勢が崩れて対応しきれないラグバをそのまま切りつけた。

「ぐはっ……！」

肉を裂く感触が剣越しに伝わり、ラグバが血を吹きながら倒れ込む。

俺は素早く構え直して警戒したが、ラグバは起き上がってこなかった。

戦闘の緊張に包まれている最中は、時間がひどく長く感じ、迫力あるものに感じられる。

しかし実際には、決まるときは一撃で、あっさりと決するものだ。

手にした武力に対して、人間は頑丈には出来ていない。

スキルひとつ、鈍器の一撃でも、人は戦えなくなる。

ラグバは肩から脇腹までを斜めに切りつけられて、多くの血を流していた。

足には届いていないはずだが、血を失えば身体を動かすのは困難だし、たとえ立ち上がれたとしても、剣は握れないだろう。

左肩がばっくりと切り裂かれており、あれではもう戦えない。

それほどの傷を負ってはいても、ラグバ自身の目はまだ死者のそれではなかった。

頑丈さもまた、騎士としては重要な要素だろう。

「お前がこちら側についてくれていれば、どれほど嬉しかっただろうかと思うよ」

そう言うと、彼は小さく笑った。

「ありがたいが、買いかぶりだよ」

そう言って、仰向けになったまま続ける。

「一対一で対決をするような、騎士の時代は俺たちが生まれる前に終わってる。趨勢《すうせい》を決めるのは優れたひとりではなく、人々の群れであり、時代の流れだ」

「そういう意味では、守旧派のほうが騎士とは近いところにいるのか」

「ああ……。柔軟性のなさを含めても、俺にはお似合いだったのかもしれん」

「そうかな」

「お前が改革派にいて、守旧派を打ち倒すのは、やはり何かの復讐のためか？」

その言葉に、俺は少し考える。

始まりは復讐だった。そして長い間、俺にとっての一番の原動力でもあった。

しかし今、一番の強敵であるラグバを倒し、後は侯爵を討てば、守旧派が倒れる今……。

俺が思うのは、過去のことばかりではない。

その先へ。改革派貴族たちが、これまでよりも自由な国を作り、もう以前のようなことが起こらない、という未来に期待している。

「いや、今は違うな」

教会で戦っているだろうヴェーリエたち。

ヴェーリエとのあのやりとりで、ようやく先を見ることが出来るようになった気がする。

「そうか」

ラグバは小さく言った。

俺は彼の側を離れ、侯爵の元へと駆けだしていく。

会議が行われる屋敷に到着すると、そこですでに、フレイタージュの仲間と防衛の兵士たちがぶつかり合っていた。

侯爵たちは、どこへ逃げただろうか。

どの段階で、襲撃に気づいたかが問題だ。

さすがにもう、悠長に会議はしていないだろうが、タイミングによって、籠城しているか、脱出したかが変わってくる。

相手の逃走ルートを把握していればそちらに回ることも出来るが、何せ今回は、通常は立ち入れないエリア内でのこと。

そこまでの詳細な予測情報は得られていない。

相手方も警戒していたし、思わぬ移動ルートを用意しているかも知れない。

そのため、現場での動きを見る以外に手立てがなかった。

俺は【増強】した感覚で、周囲の気配を探る。

いうまでもなく多くの人間であふれかえっているのがわかるが、兵士と貴族では、やはり身のこなしなどから気配が変わってくるものだ。

俺はその中で、護衛に守られながら移動する気配をいくつか感じた。

片方は十数名に守られ、複数の貴族らしき者がまとまって移動している。

もう一方は、三人の貴族が兵士に守られているようだ。

俺は周囲のメンバーにそれを伝え、二チームが複数組を追い、俺たちのチームは少ないほうを追うことにした。

そちらの集団は、大人数の集団から離れるようにして、こそこそと移動している。

おそらく、侯爵と重鎮ふたりが、他の会議メンバーを囮にしているのだろう。

それすらトラップだったらたいしたものだが、大人数のほうも追わせたので、侯爵はもう逃げ切れない。

乱戦になれば数的には不利だが、それは正面から当たって勝とうとした場合の話だ。

こちらは侯爵さえなんとか出来ればよく、差し違える覚悟だってある。

俺たちは逃げる貴族たちを追っていく。

周囲はすでにごたついており、兵士たちも屋敷から離れる俺たちへ狙いを変えることはなかった。

貴族を護衛しながらの脱出であるため、向こうの移動速度は遅く、俺たちは程なくしてその集団に追いついた。

相変わらずの大きな道だ。どこも綺麗に整えられており、似た作りになっている。

「お、おい、あいつらは……！」

「下がってください」

護衛の騎士が言って、前に出る。

前衛は、こちらと同じ五人だ。

さらに侯爵たち三人の後ろ側にも、二名の騎士が控えていた。

侯爵たちは戦闘が出来ないだろうから、人数としては五対七。

しかし相手は背後の警戒もするため、そのふたりはそうそう前には出てこられないだろう。

そうなるとまずは五対五だ。

一見すると対等だが、正面から切り結ぶとなると、後ろに控えている騎士が危険だ。後衛も正面に出てくるなら、隙を突いて後ろから侯爵を、というのも考えられるが、さすがに護衛の騎士たちもその当たりは心得ている。

状況的に厳しくも思えるが、今の俺には余裕があった。

彼らも相応によい騎士ではあるが、やはりラグバほどではないと感じる。

守旧派の中心人物である侯爵の護衛だ。実績もあるだろうし、優秀であることに違いないが、戦うとなればやはり、各地に出て戦闘経験を重ねていたラグバに及ぶものではない。

そして、邪道な使い方をして倍率を上げているが、【増強】はそもそも集団へのサポートスキルであり、仲間と挑むときに最も真価を発揮する。

時間をかけて援軍が来られても厄介だし、俺たちはさっそく仕掛ける。

ラグバほど戦闘慣れしていない彼らなら、つけいる隙は多いはずだ。

俺は姿勢を低くしながら間合いを詰め、ナイフを投げる。

前衛ではなく、後ろを狙うナイフだ。

侯爵を守らなければいけない彼らの意識はそちらに向き、なんとかとナイフを打ち落とす。

当然、こんなナイフ、彼らの技量なら難なく打ち落とせるだろう。

しかし、背後の侯爵は違う。騎士たちにちょっとした牽制にしかならないナイフでも、刃物であることに変わりはない。

【増強】状態で投げられるナイフは、当たればそのまま防具を貫いて刺さる程度の威力は持っている。上手く筋肉や骨で止まればいいが、内臓の位置に刺されば、致命傷にもなり得るだろう。

騎士たちは自分に向かって振られる剣の他に、それ以上の警戒心をもって投げナイフを警戒しなければいけない。

そのプレッシャーは精神を乱していく。

そしてそういったところにつけ込むのが、俺の基本戦法だ。

ナイフへの警戒心、自分たちを通り越して侯爵が討たれることへの不安や恐怖を、【増強】させていく。

「ぐっ……」

焦燥が騎士たちの剣を鈍らせる。

その隙を突いて、全員で攻撃を仕掛けた。

同数ではあるが、ナイフに意識が向き、剣での攻撃をかなり無理な体勢で受けることになる護衛たち。

打ち合うと同時に、隣の騎士へと蹴りを放つ。

ナイフに加えて、別の攻撃まで飛んできた騎士は姿勢を崩し、その隙に仲間が切りつける。

俺の相手をしていた騎士は当然、こちらの隙を突こうとするが、元々が無理な姿勢で攻撃を受けていたため、まともな攻撃は放てない。

むしろその攻撃を俺に躱《かわ》されたことで、隙が増大してしまう。

俺はそのまま剣を振り上げると、騎士の右腕に切りつける。

剣を取り落とした騎士を蹴り飛ばすと、後ろのふたりが侯爵を守るように前に出るが、不安を【増強】されている前衛の騎士たちもそちらへと意識を向けてしまう。

その間に、前衛だった騎士たちはメンバーに切られていき、五対二になった。

そうなれば後は一瞬だ。

メンバーがふたりでひとりの騎士を倒す間に、俺は侯爵たち三人の足を切りつけて動けなくする。

「ぐぁっ、ぐっ……！」

慣れない痛みにうめく侯爵たちを見下ろした。

作戦の目的は、デスプレーゾ侯爵の排除。

暗殺できれば上々だという予定だったが、想定以上に上手くいった。

生け捕りに出来れば、暗殺よりも遥かに効率的に、この後のことを進められる。

「貴様ら、反乱分子の庶民風情がこんなことをしてただですむと……！」

俺はうめく侯爵を剣の柄で殴った。

鼻が折れて、血が垂れる。

「偉い貴族様も、血は赤いんだな」

故郷を焼かれてから、長い時が過ぎた。

直接の原因となった貴族を討ち、守旧派の中核も捕らえ……これで終わりだ。

俺たちは侯爵たちを縛り上げると、そのまま貴族エリアを脱出するのだった。

●

侯爵たちを捕らえ、教会のほうも司教の排除に成功したようだった。

急遽参戦した民衆たちの力もあって、これで一段落。完全勝利だ。

俺たち改革派組織の役割はここまでで、あとはロケーラ伯爵をはじめとする改革派貴族たちが、守旧派を打倒してくれるだろう。

作戦を終えて、フレイタージュは悲願達成に湧き上がっていた。

多くのメンバーが守旧派貴族によって被害を被ってきた側であり、その喜びもひとしおだ。

お祝いムードで酒を酌《く》み交《か》わし、作戦の成功をねぎらっていく。

作戦前まで一緒だったタルヒは、突入には参加していない。民衆の状況を見守って組織に報告してくれていたが、その疲れで今は休んでいる。

この先もまだまだ改革は続いていくが、大一番を無事に超えたのだ。

これから、この国は良くなっていく。

そんな希望に満ちた一夜だった。

酒場では夜通し祝いの宴が開かれているようだったが、夜も更け、俺は自室へと戻った。

そんな俺の元に、ふたりが訪れた。アミスとヴェーリエだ。

ふたりとも今回の作戦では、別のグループだったため心配してくれていたようだ。

宴の場で軽く話はしたものの、大人数の場でゆっくり話すのは難しい。

特に、俺は侯爵を捕らえた班だし、アミスとヴェーリエも人気だ。

絶え間なくいろいろな人が側に来たり、声をかけてきたりする。

けれど、こうして部屋でなら、のんびりと話せる。

もちろん……ふたりとも、ただ話をするために来たわけではないだろうが。

「本当、あなたが無事に帰ってきて良かったわ」

アミスがそう言うと、ヴェーリエも大きくうなずいた。

侯爵討伐のほうが危険だった。アミスにしてみれば、最後だからと俺が無茶をすることを危惧していたのだろう。

一番荒れていた頃の俺を知っているから、そう心配するのも無理はなかった。

彼女と出会った直後の俺なら、侯爵と差し違えることばかり考えていただろう。

今回のように侯爵を捕らえて、より効果的に、とはならなかった。

「組織内でも人によっては、改革派貴族に自分を売り込もうとしてるみたいだけど、リュジオはどうするの？」

ヴェーリエがそう聞いてきた。

フレイタージュは改革派組織の中でも主要なものして有名だったし、特に今回、侯爵を捕らえたことでさらに名を上げた。

組織自体はこれで活動が終わるが、それを活かしてこれからの国の中心となる改革派貴族に自分を売り込もうと思う人間はそれなりにいた。

これまで戦ってきたことが終わる。次を探すのは当然だし、それなら条件のよいところに、というのは妥当だろう。

ただ、俺にはあまりそういうつもりがなかった。

決戦前に、ヴェーリエ自身に誘われていたしな。

売り込む最大のチャンスは今だというのはわかる。そしてヴェーリエも、だからこそもう一度聞いてきたのだと思うが、俺の考えは変わらない。

「前に言ったとおり、少し、ゆっくりしようと思うよ」

これまでは走りすぎだった、という自覚がある。

昔ほど生き急いでいなくとも、改革派組織としての活動は、決して穏やかなものではなかった。

目的を達成したことで、その疲れがまとめて出てきたような気もする。

休んだ後のことは、また考えればいいだろう。

「そうなんだ」

ヴェーリエは嬉しそうにうなずく。

「アミスも一緒にこない？　あなたもいろいろ大変だったでしょう？」

「そうね」

アミスはうなずいた。

レアな医療スキルを持っていた彼女もまた、メンバーの治療で大忙しだった。

彼女にしか出来ないことも多く、また守旧派に比べれば医療物資でも劣っていたから、その分を彼女のスキルに頼っていた。

けれど戦闘が終われば、医者である彼女もその忙しさからは解放される。

それでも有能な治療スキル持ちとして引く手あまたではあろうが、これまでほどの責任はない。

「私もそうしようかしら」

目的地などは特に決まっていないが、王都の喧噪からは離れたところがいい。

そんなことを、ふたりと話すのだった。

「先のこともいいけど、まずは今日のことを喜ばないとね」

「大活躍したリュジオのことを、ふたりがかりで癒してあげる」

そう言った彼女たちに誘われ、ベッドへと向かった。

「ふたりがかりとは、珍しいな」

左右から身を寄せる彼女たちに言うと、アミスが妖艶な笑みを浮かべた。

「こういうのも、悪くないでしょう？」

悪くないどころか、美女ふたりに迫られるなんて、男冥利に尽きる話だ。

「それにふたりがかりなら、いつもと違うリュジオの姿も見られるかも知れないしね」

そう言って、ヴェーリエまでも妖しげな笑みを浮かべた。

まったく、恐ろしい限りだ。などと思ってもいないことを囁《ささや》きながら、ふたりを受け入れる。

彼女たちは俺の服に手をかけて、脱がせていった。

「なんだか、不思議な気分だな」

服を脱がせてもらうこと自体はないではないが、ふたりがかりというのは特別だ。

彼女たちの手が俺の身体をまさぐりながら脱がせていく。

その間に、こちらも彼女たちの身体に手を伸ばしていった。

「あんっ……♥」

アミスの豊かな胸へと触れて、その柔らかさを楽しむ。

手のひらに収まりきるはずもない爆乳が、んむにゅといやらしくかたちを変えた。

もう一方の手は、ヴェーリエの腰へと回す。

細い腰から、丸いお尻へと。

「んっ……」

そしてそのまま、衣服の中に侵入していった。

「もう、リュジオってば、手が早いわよ」

そう言いながらも、彼女は身体を動かして、俺が触りやすくなるように調整をした。

そんな彼女の割れ目を、下着ごしになで上げる。

つるりとした下着の肌触りと、ぷにぷにした恥丘の感触。

そして身を寄せるふたりの、甘く男を誘う匂い。

本能が刺激され、血液が肉竿へと流れ込んでいく。

「わっ、リュジオのこれ、どんどん大きくなってくる……」

ヴェーリエが言う間にも、肉竿は勃起していく。

「ふふっ、逞《たくま》しい姿になって……♥」

「あぁ……」

アミスの手が勃起竿へと伸び、きゅっと握る。

「硬くて、熱くなってる。ほら」

アミスがそう言うと、ヴェーリエも手を伸ばしてきた。

「本当……握った手を押し返してくるくらい硬い……」

そうしてにぎにぎと触れてくるヴェーリエ。

ふたりの手に肉棒を握られ、それぞれが勝手に動くと、ひとり相手とは違う、不規則な気持ちよさが膨らんでいく。

「こうやって、んっ……しごくのがいいんだよね」

「私は先っぽをなでなでと……」

「おぉ……！」

彼女たちが俺の肉竿を同時に愛撫していく。

ヴェーリエは根元のほうを扱きあげ、アミスは先端を手のひらでなで回してきた。

「こうしてると、どんどん気持ちよくなってくる？」

「ああ」

「それなら、もっと……なでなでなでっ♪」

「おぉっ……！」

アミスが楽しそうにしながら、亀頭を撫で回す速度をあげた。

敏感な部分を刺激されて、思わず声が漏れてしまう。

「手だといろいろな動きが出来て楽しいけれど、それぞれ片手で責めるだけじゃ、せっかくふたりなのを活かせないわね」

「両手で同じことできるものね。それなら、ひとつしかないところで……」

「私たちのお口で、この逞しいモノ、かわいがってあげる♪」

アミスがそう言うと、ふたりは肉竿から手を離して、かがみ込んだ。

そして俺の股間へと顔を埋めてくる。

「こうして側で見ると、すごい迫力」

「こんな大きなモノで突かれると思うと、ドキドキしちゃう」

彼女たちは顔を寄せて、しげしげと勃起竿を眺めてくる。

間近で観察され、少し恥ずかしい。

だが、ふたりの美女が顔を寄せてチンポを眺めている姿は、エロくていいな。

そんなことを考えていると、彼女たちの舌が伸びてくる。

「れろっ」

「ちろっ！」

「うぉっ……！」

温かな二枚の舌が、肉竿を舐めた。

確かにこれは、ひとりじゃ出来ない芸当だ。

「んっ、れろろっ……ちろっ……」

「ぺろっ、あふっ……れろんっ」

ふたりが顔を寄せ合うようにしながら舌を伸ばしてくる。

彼女たちの舌が肉竿を舐め回し、気持ちよさを送り込んできていた。

「浮き出た血管のところをなぞるように……れろろろっ……」

「くぼんでるところを舌先で、ちろっ、ぺろっ……」

アミスが幹の部分を舐めていき、ヴェーリエがカリ裏を刺激する。

ふたりの舌使いに、俺の欲望は高められていった。

そこでふたりは一度俺から離れた。

「ん、それじゃ次はここで……」

服を脱いだヴェーリエが俺の上に跨がってくる。

俺は彼女の小柄な裸体を見上げた。

背の低い彼女を下から眺めると、すでに濡れた割れ目が目をひき、そのまま細いウエスト、ちょ
こんとしたおへそへと視線が上がっていく。

そして、背の低さによってより強調された巨乳が視界に入る。

その身体を眺めているうちに、彼女はゆっくりと腰を下ろしていった。

足を広げて腰を落とすのに合わせて、秘密の割れ目が花開いていく。

女の蜜を垂らしながら、彼女のそこが剛直を目指してくる。

「んっ……」

小さく声をあげながら肉竿をつかむと、自らの入り口へと当てがって、腰をさらに下ろす。

「あぅっ……んっ、はぁっ……」

熱い膣内が、肉竿を受け入れていく。

濡れた膣襞《ちつひだ》が肉竿を包み込み、震えて刺激してきた。

その気持ちよさに浸っていると、彼女が最後まで腰を下ろし切った。

「あふっ、リュジオ、ん、はぁっ……♥」

色っぽい吐息を漏らしながら、ヴェーリエが俺を見つめた。

そしてそっと、腰を動かし始める。

「あんっ、あっ♥　ん、あぅっ……」

彼女の腰がうねるごとに、膣襞が肉棒を擦り上げる。

一対一なら、このまま彼女の腰振りで感じていくところだが、横にいるアミスに声をかけた。

「アミス、こっちにへ。俺の上に乗るんだ」

そう言って、彼女を呼び寄せる。

「ほら、俺の顔に跨がって」

「顔の上って、そんな……」

恥ずかしそうにするアミスだが、あそこからはつーっと愛液があふれるのが分かる。

おそるおそる、といった感じで俺をまたいだアミスが、ゆっくりと腰を下げてくる。

「んんっ……これ、やっぱり恥ずかしいわよっ……あぅっ……♥」

股間を俺に近づけると、期待に開いた花園を顔のすぐ側に寄せた。

かがみ込んだ彼女が恥ずかしそうにしているのが、俺の嗜虐心をくすぐった。

俺はアミスの腰をつかむと、そのまま引き寄せる。

「あんっ♥」

淫花が俺のすぐ目の前で濡れていき、期待に疼いているようだった。

その魅惑的な割れ目から香る、メスのフェロモン。

意識をそこに引き寄せられていると、肉竿のほうに快感がはしった。

「あふっ、ん、はぁっ……」

ヴェーリエが俺の上で腰を振り、感じてく。

彼女の膣内が肉竿を締め上げて、気持ちよさを膨らませていった。

「はぁ、んんっ、ふぅっ……♥」

甘い声とともに、肉棒が扱き上げられる。

熱い膣洞の中を往復すると、すぐにでも昂ぶりを放出したくなる。

俺は目の前にある、アミスのおまんこへ舌を這わせていった。

「ああっ、リュジオ……舌、ん、はぁっ♥」

舌先でその割れ目を舐め上げる。

つーっとなぞるように舌を動かすと、彼女が腰を上げようとする。

俺はそんな彼女を引き戻し、割れ目へと舌を侵入させた。

「んぅっ！　あっ、んはっ……」

膣穴を舌で突くと、内側がきゅっと反応する。

そのまま軽く出し入れをしたり、襞を擦り上げるように刺激した。

「ああっ……リュジオの舌が、んっ、私の中をいじって……んぁっ……♥」

アミスは気持ちよさそうな声をあげて、今度は自ら、その秘めたる部分を俺の顔へと押しつけてきた。

あふれる蜜と、女の子の匂い。

それをいっぱいに感じながら、舌を動かして愛撫を続ける。

その間にも肉竿はヴェーリエの蜜壺に扱き上げられ、俺に快感を送り込んでくる。

「んっ、しょっ……♥　はぁ、ああっ！」

「あぅっ、そこ、ん、ああっ、いいっ……♥」

頭上から降ってくる、ふたりの喘ぎ声。

口でもチンポでも、おまんこを感じている。

美女ふたりを同時に抱く豪華さに包まれていく。

「あふっ、ん、はぁっ……！」

「んぁっ♥　あふっ、そこ、ん、あうっ！」

彼女たちの嬌声を聞きながら、俺自身も限界が近づいていた。

「あぁっ、中で、ん、膨らんできてるみたいっ……リュジオ、あっ、んはぁっ！」

それを膣内で感じ取ったヴェーリエが、さらに激しく腰を振っていった。

膣襞が肉棒を締めつけながら、強く扱き上げる。

射精を促すかのようなその動きに、俺はこみ上げてくるものを感じた。

もう、我慢できない。

その興奮が舌先にも現れ、アミスのクリトリスを責めたてる。

「んあああっ！　そんなに、あっ♥　私のそこ、んぅっ、そんなに刺激したらだめぇっ……♥」

クリ責めで乱れていくアミス。

愛液があふれ、さらにおまんこを擦るつけるように動いてくる。

「あふっ、んんっ、あたしも、あっ♥　ん、はぁっ！」

ヴェーリエも快感のまま腰を振り、俺を追い込んでいった。

「んはぁっ、あ、もう、んくっ、ああっ！」

「あぅっ、イクッ！　ん、あっあっ♥　んはぁぁぁっ！」

彼女たちが自分の上で絶頂を迎えるのを感じながら、俺も精液を放出していった。

びゅくっ！　どびゅっ！　びゅるるるる！

「あぁぁぁぁっ！　リュジオの、熱いの、中にいっぱい出てるっ♥　ん、くぅっ……！」

中出しを受けたヴェーリエがさらに膣内を締めつけるようにして、精液を搾り取ってくる。

俺はその気持ちよい絶頂おまんこに促されるまま、欲望を出し尽くしていく。
「あっ……♥　ん、はぁっ……」
俺が最後の一滴まで出し切ったことを確認したヴェーリエが、腰を上げていく。
それに合わせて、アミスも俺の上からどいた。
今日は、ほんとうに最高の日だな……。
俺は心から、そう思う。
美女ふたりを愛情をたっぷりと味わいながらの気持ちいい射精。
存分に堪能し終えた俺は、その余韻に浸っていたのだった。

# 第五章　平和な村でハーレムライフ



数々の罪を暴かれた後……守旧派の首魁であったデスプレーゾ侯爵が処刑されたことで、情勢は大きく変わっていった。

守旧派は崩れ、改革派が一気に力を持った。

そうして、改革派を中心にこの国の体制は再編されていく。

まだ新体制が十全に効果を発揮しているということはないが、今は守旧派の崩壊による盛り上がりで、民衆の暮らしも上向きだ。

フレイタージュの仲間たちは、多くがその流れで、改革派貴族の元で新たな職に就いているようだった。

これまでは、反守旧派組織の一員でしかなかったことを考えると、大出世だ。

一応、俺にもそういった宮仕えの話はあったものの、性に合わないので断った。

そして今は中央を離れ、穏やかな村へと住み着いていた。

この先に、国がどうなっていくか……そういった情報は入ってきにくいものの、そのぶん、のんびりと過ごすことができる。

戦闘部隊であり、侯爵を捕らえた俺は、中央にいれば否応なく様々な流れに巻き込まれていく。

そこで踏ん張り、国が良くなるために力を尽くすというのも一つの生き方ではあるのだろう。

ただ、元々政治屋ではなく、組織内でも戦闘要員だった俺が、平和になっていく世界で能力を発揮できるとも思わない。

お飾りとして、過去の実績で求心力を得ることは出来るだろうが、それこそ性に合わない話だ。

だからこうして、村でのんびりと過ごす生活を満喫していた。

これまで突っ走り続けてきた分、こういうのもいいものだ。

最初は少し落ち着かなかったが、最近ではそれも慣れてきて、日々をゆったりと楽しんでいる。

王都とは違って土地もあるため、小さな家を建てている。もう少ししたら、庭をいじってみるのもいいかもしれない。

そんな俺の元に、アミスが訪れた。

彼女を招き入れて、テーブルへと着く。

アミスも俺と一緒にこちらの村に移り住み、今は村医をしている。

この村だけではなく、少し離れたところにある隣の村へも、時折出かけているのだ。

彼女はこのあたり唯一の医者として、敬われている。

とても忙しそうだが、これまでのように味方が大怪我をして運び込まれるようなこともないため、余裕があるみたいだ。

今までは医者のいない暮らしをしていたから、村の老人が病院をたまり場にするようなこともない。どちらかというと、これまでは諦めるしかなかった病気などを直すといった役割だな。

それだけでは出番が少なすぎることもあり、彼女は応急処置の方法を教えたり、次の医者になれるような後輩の育成も行っていく予定らしい。

「山に入ったときに、採ってきてほしい薬草があるのだけれど……」

「ああ。見た目でわかるものなら、採ってくるよ」

俺のほうは、主に山へ入って狩りをして暮らしている。

元改革派組織の戦闘部隊ということで、森に出る獣やモンスターの類《たぐい》に後れを取るようなことはなかった。

森の近い部分はこれまでも人が出入りして、狩りなどを行っていたのだけれど、俺は手つかずの奥へと入っていく。だから薬草なども、ライバルがいないから集めやすい。

適度にそれで収入を得ていれば、この小さな村では問題なく暮らしていける。

王都のような流行物や娯楽には乏しいものの、のんびり出来るのはいい。

中央にいて変に担ぎ上げられると、また慌ただしくなってしまう。それよりはしばらく、こちらでゆっくりと過ごしたい。

「こっちは、早い時間から夜になるから、余計に自由時間が増えたみたいに感じられるわね」

実際の日没が早いというわけではなく、王都と違い、日が落ちるとみんなが活動しなくなるからだ。逆に朝が早いかというと、必ずしもそうではないので、余暇が増える。

王都のように、夜でもやっている飲食店というのはないが、家でのんびりしたり、こうして尋ねてくる人と過ごすのはいいものだ。

「村を行き来するのは大変じゃないか？」

尋ねると、彼女は首を横に振った。

「そんなに頻繁に行き来するわけじゃないしね。それに、だいたいは何事もなく、経過をみるくらいだし」

フレイタージュにいた頃は、怪我人がたくさん運び込まれてくるし、特に彼女の元に来るのは、他の者では対応できないような、重傷の者が多かった。

そのプレッシャーやストレスと比べれば、戦闘とは縁遠いこちらの医者というのは、安らげるものなのかもしれない。

「リュジオはどう？　モンスターとの戦闘は心配してないけど、このあたりの山はまだ知らない場所だらけでしょう？」

「ああ、そういう意味では油断できないのかも知れないが……正直、山道を歩くこと自体、わりと好きだしな」

険しい山でもないし、木々に囲まれての散歩みたいなものだ。

他の住人が入らない奥へ行くと、モンスターは比較的強力だが、俺にとってはあまり危険にはならない。

もちろん、普通の人にとっては危ないので、俺の行動を見た人が真似しないよう注意する必要はある。

まだ俺が出くわしていないだけで、アミスの言う通り、急な傾斜や危険な地形も多いのだろう。

しかし、俺には【増強】のスキルもあり、そういったことへの対処も出来る。

フレイタージュの頃に、襲撃のために乗り越えてきたことに比べれば問題ない。

「そうなの。よかったわ。確かに、自然の中を歩くのって、気分もいいって聞くしね」

「たとえ獲物が獲れなかったとしても、翌日また探せばいい、というのが楽だな」

これはアミスと同じで、気構えの問題だな。

これまでは一つでもミスれば捕まるなり、相手が警備を強化して手が出せなくなるなりで、味方を危険に巻き込むことになっていた。

だが、獲物がとれなかっただけなら、すぐに取り戻せる。

もちろん、何日も続けば大変だが、また挑戦すればいい、というのは気が楽だ。

収入がなくても、多少食事を抜くぐらいのことは、作戦中でもあったしな。

幸い、今のところ本当に獲物が獲れなかったことはないが。

「リュジオの顔も、ずいぶん穏やかになったわね」

「そうかな……自分じゃなかなかわからないものだが」

こちらでの穏やかな暮らし。そして何より、当初の目的を達成した解放感。

もう、険しい顔になる理由もない。

アミスがまっすぐにこちらを見つめてくる。

それは医者として観察している……というには、甘い香りを多く含んでいた。

彼女の足がテーブルの下から伸びてきて、さわさわと俺の足を擦った。

そのおねだりに、俺もスイッチが入ってしまう。

「アミス」

俺は立ち上がると、彼女を抱き抱えた。

「きゃっ」

彼女は嬉しそうに声を上げると、そのまま俺の身体へと腕を回してくる。

俺はアミスをベッドへと運び、そっと下ろした。

そして自分もベッドに上がり、彼女へと覆い被さる。

「リュジオ……♥」

潤んだ瞳でこちらを見上げるアミス。

そんな彼女にキスをすると、爆乳へと手を伸ばしていった。

「あんっ……」

むにゅんっと、柔らかな爆乳が俺の手を受け入れて歪む。

極上の柔らかさに惹かれるまま、俺は手を動かしていった。

「んんっ……はぁ……♥」

彼女が艶めかしい吐息を漏らしていく。

柔らかな爆乳を揉みながら、その胸元をはだけさせていく。

「あっ、ん、もうっ……♥」

たぷんっと揺れながら、解放されるおっぱい。

服越しでも目を惹くそれは、生乳となるといっそうだった。

俺はその生おっぱいへと手を伸ばし、両手で揉んでいく。

指の隙間から溢れ出て、はみ出した乳肉を目で楽しみながら爆乳を堪能していく。

「んぅっ……はぁ……♥　あふっ……」

そうして胸をいじっていると、豊かな双丘の頂点で乳首が反応してくる。

俺はそれを見つけ、つんと尖った乳首を軽く唇で挟んだ。

「ひぅっ！」

敏感に反応し、身体を跳ねさせる。

そうして舌先で乳首を転がしながら、胸を揉んでいった。

「ああっ……んぅっ、乳首、そんな風に舐められるとっ……♥」

「感じてるみたいだな。ぷっくりとアピールしてくる乳首をもっと愛撫すると……」

「んはぁっ♥」

彼女の口から、甘い声が漏れる。

唇で乳首を挟み込みながら、その頂点を舌先でくすぐるようにいじっていく。

「あぁっ……ん、だめぇっ……」

そう言いながら感じていくアミス。

柔らかな爆乳を揉みながらの乳首責めで、彼女が蕩けていくのがわかる。

そのエロい姿と柔らかおっぱいの気持ちよさで、俺の興奮も増していった。

「ああっ……リュジオ、んっ……」

彼女は軽く足を上げるようにして、魅惑的な腿で俺の股間を刺激した。

すりすり、つんつんと足を動かして、ズボン越しのイチモツにいたずらをしてくる。

そのもどかしいような刺激と、おねだりするかのような仕草に、ますます昂ぶってしまう。

「アミス、ちゅぅっ……」

「んはぁっ♥　乳首、吸うのだめぇっ……！」

可愛らしい声をあげるアミス。

普段は落ち着いた女医さんである彼女の、女の姿。

俺は片方の乳首に吸いつきながら、もう片方を指先でいじっていく。

「んぁっ……それ、んっ、くりくりするの、あっ♥」

指先を動かしていくと、さらに快感を覚えているようだった。

俺はそのまま両乳首を責めていく。

「んぅっ、あっ、ああっ……そんなにされたら、私、んっ、はぁっ……」

アミスは喘ぎながら、俺の頭へと手を伸ばしてきた。

快感から逃れるように押しのけてくるのかと思ったが、彼女はむしろ俺の頭をむぎゅっと抱え込んできた。

「うぉっ……」

むにゅっと、爆乳が俺の顔に押し当てられる。

同時に、勃起乳首どころか乳輪のあたりまで、俺の口へと飛び込んでくる。

俺はそれをより強く吸う。

「あぁあっ♥」

彼女は嬌声をあげながらも、俺の顔を胸へと押しつけていく。

「あふっ、ん、はぁっ、ああっ……♥」

爆乳を顔いっぱいで感じながら、彼女の乳首に吸いつき、指先でいじり回していった。

「んくぅっ♥　あっ、もう、イクッ！　ん、私、乳首だけで、イッちゃうっ……♥」

アミスが乱れていくのを感じながら、軽く歯をあてて刺激し、乳首も吸い続ける。

「んはぁあぁっ♥」

すると、乳首責めで彼女が軽くイったのが伝わってくる。

「ああっ♥　ん、はぁっ……あうぅっ……！」

手から力が抜けていったので、俺は顔を離して乳首を解放すると、アミスを見下ろした。

「んっ……はぁ、あぁ……♥」

胸元をあらわにしながら、大きく息をするアミス。

その姿はあまりにエロく、欲望を抑えきれるはずもない。

俺はまだ快感の抜けきらない様子の彼女の服に手をかけていく。

「あっ……」

彼女は小さく声をあげて、俺を見上げた。

その発情顔を楽しみながら、手早く服を脱がせていく。

彼女の下着はもうぐっしょりと濡れて張り付いており、その向こうに、秘めるべき女のかたちを赤裸々にさらしてしまっていた。

その下着にも手をかけて、脱がせていく。

淫らな糸がつーっと伸びて、オスを誘う女の匂いが広がる。

薄く口を開いて、物欲しげにしているおまんこ。

俺も自分の服を脱ぎ捨てると、アミスの痴態で滾りきっている肉棒を取り出した。

「あぁ……♥」

アミスの目がその剛直を認め、うっとりとする。

彼女の足をつかむと、ぐっと上へと広げさせる。

「あんっ、こんな格好……♥」

はしたないほどに足を広げられ、その濡れ濡れおまんこを、こちらへと差し出すような格好になった。

ドスケベな姿に誘われるまま、俺は勃起竿を欲しがりな秘裂へとあてがう。

「んんっ……リュジオの、硬いのが……」

「ああ、いくぞ」

俺はそのまま腰を前に進める。

「んあぁぁっ♥　中、入ってくるっ……！　ん、はぁ……♥」

熱く濡れた蜜壺が肉竿を受け入れていく。

ぐっと腰を押すと、膣襞が絡みつきながら、肉棒を中へと迎え入れる。

スムーズに挿入が行われ、一度迎え入れると、膣道は心地よく肉棒を締めつけてくる。

「あふっ、ん、中、感じるっ……」

きゅっと肉竿を味わうように収縮する膣内。

あふれるとろとろの愛液が肉竿に絡みつき、抽送を手助けしていく。

「ああっ、ん、はぁっ、太いのが、私の中を、ん、くぅっ！」

往復していくと、彼女はさらに腰を突き出してくる。

「んはぁっ、あっ、奥まで、んぅっ♥」

足を上げて、おまんこを差し出すような格好のアミスが、嬌声をあげていく。

そのエロい姿と、しっかりと肉棒を咥えこむ膣内の気持ちよさ。

俺は大きく腰を振って、その膣奥まで突いていく。

「んくぅっ♥　あっ、ん、はぁっ！　おちんぽ、ズンズンきてるぅっ！」

淫らに乱れていくアミスを眺めながら、さらにピストンを行っていく。

蠢動する膣襞をこすり上げ、子宮口まで肉竿を届かせていった。

「ああっ♥　そんなに、奥っ、突かれたら、ああっ♥」

ぷりっとした子宮口を刺激すると、膣内がきゅっきゅと締めつけてくる。

「んはぁぁぁっ！」

淫らに感じていくアミス。

俺はしっかりと奥まで届かせ、意識して肉棒を往復させていく。

「ああっ♥　そんなの、んぁっ！　イクッ！　またイッちゃうっ♥」

アミスは普段以上に乱れて、快感を求めていた。

そのあられもない姿に、俺も欲望を抑えきれない。

勢いよく腰を振り、淫猥なおまんこを犯していく。

「んっ、あっあっあっ♥　イクッ！　んぉ、私の一番奥っ、子宮突かれながらイクゥッ！」

「うぉ、おおっ……！」

彼女が嬌声をあげながら絶頂を迎える。

膣内が子種を求めて肉棒を締めつけ、その気持ちよさに耐えきれず、俺は射精した。

どびゅびゅっ！　びゅくびゅくんっ！

「んはぁぁぁっ♥　あっ、子宮に直接っ♥　熱い子種汁、注がれてるぅっ……♥」

きゅぅぅっと収縮した膣道が、精液を搾り取っていく。

俺はその快感に任せて、彼女の奥に注ぎ込んでいった。

「あっ♥　ん、はぁっ……」

しっかりと精液を受け止めた彼女が、色づいた息を漏らす。

俺は気持ちよさの余韻に浸りながらも、名残惜しく肉棒を引き抜いていった。

「リュジオ……♥」

蕩けた表情で俺を見つめると、その手を伸ばしてくる。

俺は彼女を抱きしめて、そのままベッドへと倒れるのだった。

●

狩りを終えた俺は、血や内臓を抜いた獲物を持って、村へと戻ってきた。

「おお、リュジオ、今日も大猟だな」

「ああ、火の準備を頼む」

「おうよ」

村に入ってきたところで声をかけられ、火の準備を頼む。

毛皮を必要として狩ってきているので、肉は持て余す。

ということで、村のみんなと楽しむのが常になっていた。

打ち合わせて予定を決めるようなものではない。

なんとなく広場で飲んでいれば、暇な人が集まってくるというような緩い集まりだ。

小さな村ということもあって、そういったことはよくあるのだった。

とはいえ、さすがにまだ陽が高く、これからすぐにとはいかない。

ひとまず毛皮を処理するために、家に戻る。

広場のほうを通ると、俺を見つけた子供たちがこちらを指さした。

「あっ、リュジオだ」

「わー、すげえ！　でかいのもってる！」

子供たちが、俺が背にしている獲物を指さして言う。

【増強】のおかげもあって、自分の何倍もの獲物を担いでいるので、確かに見た目のインパクトは強い。

どうやら、子供たちは青空教室の途中だったみたいだ。

元々、小さなこの村では都会のような学校というものはなかった。

多少不便ではあるものの、食糧不足のような生死に直結する問題ではないし、大人たちが学ぶ余裕もなかったことから、不便なまま放置されてきたのだ。

だが、せっかくなら解消したい、ということで、元々教会にいて、ある程度は人に教える知識のあるヴェーリエが、先生をしているのだった。

適した建物がないため、広場での青空教室だが、彼女自身が子供に好かれやすいこともあって、なかなかに上手くやっているようだ。

しかしやはり、特に男の子たちは、でかい獲物を持った俺のほうに興味を引かれ、こちらへと集まってくる。

「もう、みんな」

そんな彼らを追って、ヴェーリエがやってきた。

「お疲れ」

軽く挨拶をすると、彼女が笑みを浮かべる。

「すっかり、先生がなじんでるな」

俺がそう言うと、彼女はちょっと照れたように視線を下ろした。

「そうかな……？」

教会では聖女候補として、子供時代から囲われていたヴェーリエ。

同じ候補者同士で会うことはあっても、こうして青空の下で、子供たちを追いかけて駆けることはなかったという話だ。

「リュジオ、こんど狩りをおしえて」

男の子がそう言いながら、俺の手を引く。

「そうだな……でも森に入る前に、まず覚えなきゃいけないことも多いからな」

「おれ、べんきょうは割とといだよ」

「そうなのか。それじゃ、狩りもすぐに覚えられるかもな」

そんな話をしていると「ぼくも！」「わたしも」と子供たちが寄ってくる。

「リュジオもすっかり子供たちに人気ね」

そんな俺を見て、ヴェーリエは微笑ましげに言った。

「なんだか、不思議な感じがするよ」

俺は肩をすくめながらそう答える。

以前の俺は、落ち着いたあとでさえ、フレイタージュのメンバーとして作戦行動をしていることが多かったし、子供たちと触れ合う機会などなかったのだ。

どちらかといえば恐れられる側であって、こんな風に囲まれるとは思ってもいなかった。

復讐を終え、俺自身の雰囲気も変化しているのだろう。

「さ、みんな、お勉強に戻るよ」

「はーい！」

ヴェーリエに声をかけられて、子供たちが戻っていく。

俺はその小さな背中を見送りながら、平和を感じるのだった。


とってきた肉を広場で囲み、食事を終えると俺は家へと戻った。

宴会めいた集まりになったので、なんだかずいぶんと遅い時間まで飲んでいた……ような気がしてしまうが、王都の感覚とは違い、まだ日が変わるまで十分な猶予があるくらいの時間だ。

それでも、この村にとっては深い時間。

いずれは俺もこの感覚に慣れていくのだろう。

そんなことを考えていると、ヴェーリエが訪れてきた。

俺は彼女を迎え入れる。

背が低いため幼く見えることもあるし、実際に俺よりはかなり若いのだが、この村では彼女も大人組だ。

そのため一緒にお酒を飲んでおり、少し顔が赤い。

教会では酔うほど飲むようなことはなかったというから、彼女にはこういうのもまだ少し珍しいのだろう。

そんな彼女にさらに飲ませるのも気が引けて、お茶をを用意してテーブルに着いた。

「この村はとてものどかで自由ね」

「そうだな」

ぽつり、と話した彼女にうなずく。

酔っている彼女は、机に突っ伏すとまではいかないものの、少し身を預けるようにする。

しどけない姿は色っぽく、またその大きなおっぱいがテーブルに載り、柔らかそうにかたちを変えていた。

服の隙間からあふれ出しそうな乳肉と深い谷間に、つい目がいってしまう。

「こうしてリュジオと一緒に来て、すごく良かった……」

彼女が、とろけた瞳でこちらを見つめる。

それはおそらく、酒によるものであるということはわかっているものの、赤くなった頬に潤んだ瞳、そして机の上で形を変える胸に、欲望がくすぐられてしまうのだった。

「ヴェーリエがこっちでの暮らしを楽しんでいるなら、何よりだ」

彼女は元聖女候補であり、フレイタージュに合流して守旧派司教の排除に一役買った。

望むなら、貴族共々立て直しで大きな組織変化があった教会で、中心人物になるだけの力と立場、実績もあった人物である。

そう言った場を離れ、のんびりと暮らす、というのは元々彼女の口から出た提案だったものの、そこには復讐を誓い、過去ばかりを見ていた俺に対する思いやりもあったはずだ。

そんな彼女が、今の暮らしを楽しんでいる、こちらにきて良かった、と感じていてくれるのは、嬉しいことだった。同時に、安心することでもある。

「あたしはずっと、教会の中しか知らなかったから……こうやって好きな人と自由に過ごせるの、すごくいいなって思うの」

彼女はしみじみとそう言った。

「そうか」

俺もうなずいて、少ししんみりと応える。

「ね、リュジオ」

彼女はこちらを見つめると、妖しげな笑みを浮かべた。

「最近覚えたことがあるから、してあげる♪」

彼女はそう言うと立ち上がり、俺の手を引いた。

そのまま従うと、彼女は俺をベッドへと連れていく。

「ふふっ、リュジオ、さっき机でだらんってしてるとき、あたしの胸、見てたでしょ？」

「ああ。気を抜いている姿もエロいな、と思ってた」

「もうっ！」

素直に言うと、彼女は嬉しそうに叱った。

「そんなおっぱい大好きなリュジオに、今日はあたしが、胸を使ってご奉仕してあげる」

「ほう……」

「あっ、えっちな目になってる」

彼女はめざとく俺の反応を見つけ、楽しそうにしていた。

普段より軽い感じがするのは、やはり酔っているのか、あるいはこちらで過ごすことで重荷から離れたということなのか。

いずれにせよ、ノリノリな彼女に任せてみることにした。

「ん、まずは服を……」

彼女は自らの胸元をはだけさせる。

その大きな胸が、ぽよんっと揺れながら現れた。

先程はテーブルに押しつけられてあふれそうになっていたそれが、あらわになっている。

そんな俺の視線を受けて、いたずらっぽく胸を揺らした。

当然、その弾む胸を目で追ってしまう。

「ちょっと恥ずかしい気持ちもあるけど、リュジオに見られてるって思うと、えっちな気分になっちゃう……」

そう言いながら、彼女は俺のズボンへと手をかけてきた。

もうすっかりと慣れた手つきで、下着ごとズボンを下ろしていく。

「この状態のおちんちんは、なんだか可愛いよね」

そう言いながら、彼女の手がペニスをつまみ、軽くいじってくる。

そのもどかしい気持ちよさを感じていると、自らの胸を寄せてきた。

「この状態だと、んっ♥　胸の中に包み込まれちゃうね」

彼女の大きなおっぱいが、まだ大人しい肉竿を包み込んだ。

柔らかな乳肉がむにゅっと左右から迫ってくる。

緩やかな乳圧が心地よく、寄せられてかたちを変えている胸がいやらしい。

「ふぅっ、むぎゅぎゅー♪」

彼女が両手で胸を寄せて、肉竿を圧迫する。

その気持ちよさとエロい光景に、当然肉棒に血が集まっていった。

「わっ、胸の中で、どんどん大きくなってきてる……んっ……胸を押し返してきて……」

彼女の谷間に挟まれた肉竿が膨らみ、柔肉をかき分けていく。

「胸の中で大きくなってくの、すっごくえっちな感じがする……♥」

そう言うヴェーリエの表情は色っぽく、俺の肉棒はさらに力を増していった。

「んんっ……すごいね、これ……」

胸の谷間から、勃起竿の先端がはみ出してくる。

柔らかく寄せられた胸の谷間だけでもエロい光景だが、そこにチンポが挟まっているのはますます卑猥だ。

「あたしの胸で喜んでくれてるんだね……ん、しょっ……」

「おぉ……」

彼女は両手を使って胸を動かす。

おっぱいの柔らかさと吸いつくような肌の感触。

肉棒が圧迫されながら引っ張られるような感覚だ。

「このままだと、ちょっと動きにくいね……この突き出た先っぽを……れろっ！」

「わっ、ヴェーリエ……」

彼女の舌が、谷間から飛び出した亀頭を舐める。

濡れた舌が敏感な部分を刺激して、思わず声が出てしまう。

「ん、しょっ……ちゅぱっ♥　胸でむぎゅってしながら、先っぽをお口で、ちゅぷっ……れろっ、ちゅぅっ♥」

柔らかな双丘が肉竿を包み込み、先端がしゃぶられていく。

幹の部分が柔らかく圧迫されながら、唇と舌が亀頭を責めてくる。

「ちゅぷっ、ちろっ……ふふっ、こうやって、おっぱいとお口でされるの、気持ちいい？　あむっ、じゅるっ……」

「ああ……」

俺がうなずくと、彼女は笑みを深くして、さらに続けた。

ぎゅっと胸を寄せて、その乳圧が高まる。

「あむっ、じゅぽっ……れろっ、膨らんだ先っぽ、すっごくえっちだね……精液の出る穴を、ちろろろっ！」

亀頭がしゃぶられ、舌先が鈴口を刺激していった。

その気持ちよさに、思わず腰が上がってしまう。

「んむっ!?」

ぐっと突き出された肉竿が、彼女の口内に飛び込んだ。

「もっと気持ちよくなりたいんだ。ちゅぅぅっ……♥」

「うぁっ……！」

彼女が肉竿に吸いつき、大きな快感に声が漏れる。

「ん、先っぽから、お汁が出てきてる……♥　ん、ちろっ、ちゅぽっ……♥」

我慢汁を舐め取られ、カリ裏と鈴口を刺激されていく。

「リュジオのこれ……出てくるお汁とあたしの唾液でヌルヌルだね……♥　ん、これだけ濡れてるなら、動かしやすいかも、ん、しょっ……」

彼女はその大きな胸を上下に揺らしていく。

肉竿が胸に包み込まれて姿を消し、今度はずり下ろされて飛び出してくる。

くちゅ、ぬちゅっと谷間から卑猥な音が響き、柔肉に扱き上げられていった。

「ん、しょっ……えいっ♪」

大胆におっぱいを揺らし、肉竿を擦り上げていくヴェーリエ。

「はぁっ、ん、ふぅっ……」

柔らかな胸に包み込まれる気持ちよさと、パイズリというエロいシチュエーションに興奮が増していく。

「飛び出してきたときは先っぽを、あむっ、ちゅぱっ♥」

「うっ……ヴェーリエ、あまりされると……」

彼女のパイズリフェラに、俺は追い詰められてしまう。

欲望はもうあふれ出しそうだ。

「ん、ちゅぱっ……いいよ。このまま、んっ、あたしの胸とお口で、ちゅぷっ♥　気持ちよくなって……れろっ、ちゅぅっ♪」

「ああっ……！」

ヴェーリはぎゅっと胸を寄せながら、肉竿に吸いついてくる。

その気持ちよさに、俺は精液を放出していった。

「んむっ、んくっ……ちゅぅっ♥」

「うぁ……！」

射精中の肉棒を吸われ、俺は腰を震わせた。

彼女は口内で精液を受け止め、飲み込んでいく。

「んくっ、ん、はぁっ……♥　リュジオの精液、すっごく濃くて、えっちな味がする……♥」

肉竿を口から離し、うっとりとそう言った。

ヴェーリエは軽く身を引いて、唇を舐める。

柔らかな胸からも解放され、俺は一息ついた。

ヴェーリエの積極的なご奉仕は、そのものの気持ちよさはもちろん、シチュエーション的にもエロくて最高だった。

「胸でのご奉仕、どうだった？」

「最高だった」

俺が言うと、嬉しそうに笑った。

「よかった」

そう言って、俺を見つめる。

「ねえ、リュジオ……」

ヴェーリエは俺の上へと覆い被さってくる。

「次はあたしのここで……まだ元気なこれ、気持ちよくしてあげる……♥」

彼女は肉竿をつかむと、腰の位置を調整して、自らのおまんこへと導いていった。

「んっ……♥」

触れ合うと、くちゅっと卑猥な音がする。

ヴェーリエのそこからあふれた愛液が、俺の肉竿を濡らした。

「あっ……ん、はぁっ……」

彼女はそのまま騎乗位で、俺と繋がっていく。

「あぁ……大きいのが、あたしのアソコ、押し広げながら、んっ……♥」

熱い膣内が肉棒を迎え入れる。

「ふぅっ、ん、はぁっ……」

ヴェーリエが深く腰を落として、俺を見つめた。

彼女を見上げると、完全に女の顔になっている。

そして、先程までご奉仕してくれていた、たわわなおっぱいが視界に入ってくる。

パイズリフェラで柔らかくかたちを変えているのを上から眺めるのもいいが、こうして見上げるのもまたエロくていいものだ。

「ん、しょっ……」

唾液で濡れて妖しく光っているのも、いやらしくていい。

そんな風に見とれていると、彼女が腰を動かし始める。

「あふっ、んんっ……」

腰をくねらせて、前後に肉竿をしごいていった。

蠢動する膣襞が、肉棒を擦って快感を送り込んでくる。

「んぅっ、はぁっ……リュジオ、んんっ……♥」

なめらかな腰の動きは艶めかしく、ヴェーリエをとても淫靡に見せる。

「はぁっ、ん、あふっ……またおっきくなって……どんどんっ、きちゃう、あぁっ……」

エロい吐息を漏らしながら、腰を動かしていくヴェーリエ。

俺はその姿を見上げて身を任せる。

「んぁ、はぁっ……♥」

腰使いに合わせて、そのおっぱいも揺れる。

「ヴェーリエ」

俺はそんな彼女の、細い腰をつかんだ。

そして、下からぐっと押し込む。

「んはぁっ！」

突然突き上げられた彼女が嬌声をあげてのけぞった。

「急に何をするのよ、ん、はぁっ……♥　そんなに激しくしてほしいなら、あたしが、あっ♥　ん、はぁっ！」

彼女は大胆に腰を上下に動かしていく。

膣襞が肉棒を扱き上げていき、これまで以上に直接的な、射精を促す快感が広がっていった。

「んっ、あっあっ……あふっ、んぅっ！」

大きく腰を振るヴェーリエ。

その動きに合わせて、おっぱいも弾んでいく。

「ん、はぁっ、あぁっ……♥　このまま、んっ、イかせてあげるっ……♥　ん、あふっ……！」

ヴェーリエは挑発的に言うと、さらに腰振りの速度を上げていった。

「んぅ、はぁっ、あぁぁっ！」

ずちゅっ、ぬちゅっと卑猥な音を立てながらピストンを行っていくヴェーリエの、ドスケベな姿を楽しむ。

「あふっ、ん、はぁっ……」

大きく腰を動かす彼女の膣内は、肉竿をしっかりと締めつけて扱き上げてくる。

「ああっ、ん、あたし、あふっ、あぁっ！」

快感にあられもない声をあげつつも、大胆に腰振りを続けていくヴェーリエ。

その膣内もきゅんきゅんと反応し、より強くチンポを求めているようだった。

「あふっ、ん、もうっ、限界、んぁっ♥ あっあっあっ♥」

大きなおっぱいを揺らしながら、俺の上で乱れていくヴェーリエを楽しんでいく。

エロい姿で腰を振り、おまんこで肉棒を締めつけ、扱き上げていく彼女。

「ああっ！ もう、イクッ！ ん、はぁっ……あふっ、んぅっ、あっあっあっ♥ ひぅっ、んくぅうううっ♥」

「おぉ……！」

のけぞりながら絶頂を迎えたヴェーリエの膣内が、肉竿を締めつける。

俺は射精を間近に感じながら、彼女を突き上げていった。

「んおぉおっ♥ 今、あっ♥ そこ、突かれたらぁっ♥ んはぁっ！」

絶頂中の膣内を刺激されて、彼女が嬌声をあげていく。

俺はそんなヴェーリエを見上げながら、ラストスパートをかけていった。

「んはぁっ！ ああっ、気持ちよすぎて、あっ♥ んぅぅっ！」

「出すぞ！」

そして俺は、彼女の中で思いきり射精した。

「あぁぁぁっ♥　中っ、熱いのが、あたしの奥っ……勢いよく出て、んうぅっ♥」

中出しを受けて、彼女がさらにあられもなく喘いでいく。

うねる膣襞が肉棒を締め上げながら、吐き出される精液を受け止めていった。

「ああっ……♥　ん、はぁっ……」

彼女は快楽で脱力すると、そのまま俺に倒れ込んできた。

そんなヴェーリエを抱きとめると、お尻を浮かせて、肉竿を膣内から引き抜いていく。

「んぅっ……」

そのまま甘えるように密着してくる彼女の背中を抱き返しながら、快感の余韻に浸っていくのだった。


山から戻った俺は、風呂に入るためにお湯を沸かした。

ちょうどアミスが来ていたのだが、こちらは狩りの中で汚れた状態だ。

ひとまず、先に風呂に入ることにしたのだった。

お湯の準備が出来て、俺は浴室へと向かう。

このあたりは水資源も豊富で、気兼ねすることなく風呂に入れる。

地域によっては水が希少で、布で身体を清めるのが一般的だというところもある。

その点、この村では湯船にお湯を張り、悠々と入浴することが出来た。

そこまで強く風呂にこだわりがあるわけではないものの、山で汚れた後などは、やはりしっかりと洗い流すほうが気持ちがいい。

俺は桶に湯を取り、まずは全身を流していく。

それだけでもずいぶんと爽快だ。

もう一度お湯をかぶっていると、浴室へ来る人の気配を感じた。

といっても、この家には今アミスしかいない。

「こっそりしたつもりだったのに、やっぱり気づかれちゃうのね」

そう言った彼女は、タオルを身体に当てただけの格好だった。

風呂だから当然といえばそうなのだが、やはり抜群のプロポーションをもつ彼女に、視線が奪われてしまう。

何度も身体を重ねているため、裸も目にしているのだが、風呂場という場所と明るさ。そして申し訳程度にタオルで隠しているというのがまたエロい。

「せっかくだから、私が身体を洗ってあげようと思って」

そう言って、彼女が俺の後ろへと回る。

そして石けんを手にとって、泡立てているようだ。

「じゃ、いくね」

彼女の泡まみれの手が、俺の背中を撫でていく。

「ん、しょっ……」

洗うというには優しすぎる手つきで、少しくすぐったいくらいだ。

「リュジオの背中、こうして見るとかなり広いわね」

「そうかもな」

スタイルのいい女性であるアミスと比べれば、かなりごついだろう。

【増強】での強化ありきとはいえ、俺は一応、戦闘部門にいたくらいだしな。

「骨とか筋肉とか、ごつごつしてる」

そう言いながら、背中を洗っていくアミス。

彼女の手が背中を動き回るのは、気持ちがいい。

「こうしていると、なんだかドキドキしちゃうわね……」

彼女はそう言って、次は泡だらけの手で俺の腕を洗っていく。

「腕も太くて……男の人の身体なんだな、って感じがする」

アミスに洗われるのは気持ちよく、俺もだんだんとリラックスしていった。

タオルで隠しただけの彼女が入ってきたときは、その身体に見とれてしまった。

今は背中を向けた状態なので姿が見えないため、くつろぎの比重が大きくなっていく。

けれどももちろん、そのまま終わるはずがないのだった。

「ん、えいっ」

俺の背中に、柔らかなものが押し当てられる。

「次はここで、んっ♥　洗っていくね……」

そう言って、彼女が身体を動かし始めた。

その柔らかく大きなおっぱいが、俺の背中を往復していく。

手よりも強く、むぎゅっと押しつけられて、動いていくおっぱい。

その気持ちよさとエロいシチュエーションは、一気に俺をリラックス状態からムラムラとさせていくのだった。

「はぁ。ん、ふぅっ……♥」

彼女の艶めかしい吐息が、すぐ側から聞こえてくる。

しかもそれは浴室で反響して、より扇情的だ。

「ん、しょっ……はぁ、ふぅっ……♥」

アミスは俺の背中におっぱいをこすりつけて、泡まみれにしていく。

泡によるぬるぬると、乳房の柔らかな感触がとてもいい。

「はぁ……♥　ん、どう？　こうして、んぁっ♥　おっぱいで背中を洗われるの……」

「ああ、気持ちいいよ」

彼女のエロい行為に、俺の肉竿は勃起していった。

「ん、しょっ……前のほうも洗っていくね」

そう言って、彼女は両手で俺の胸板を撫でていく。

抱きつくようにして手を回しているため、巨乳は俺の背中に押し当てられた状態だ。

泡だらけの手が、いやらしい手つきで胸板やお腹を撫でていく。

「はぁ、ん、ふぅっ……♥」

そして背中に押し当てられている柔らかなおっぱいの中に、ちょっとした硬さが感じられる。

彼女の乳首が立っているのだ。

それを意識すると、ますます欲望が膨らんでしまう。

アミスは俺のお腹をなで回しながら、こちらをのぞき込む。

「んっ、ここも、しっかり綺麗にしないとね」

「あぁ……！」

彼女の手が、勃起竿をつかんだ。

泡だらけの手が、ぬるぬると肉竿をしごいてくる。

「あぁ……♥　もうこんなに大きく、硬くして……♥　ん、しょっ……」

彼女は両手で肉棒を握って、丁寧に擦り上げていく。

何度も手を往復させ、俺の肉竿をぬるぬるといじり回していった。

「ん、裏っかわのところもしっかりと、きゅっきゅっ」

「うぁっ……！」

敏感なところを泡まみれの指で擦られて、思わず声が漏れてしまう。

彼女はそんな俺の反応を見ながら、さらに泡での手コキを続けていった。

「ん、しょっ……ふふっ、泡でぬるぬるのこれ、すっごくえっちよね……♥」

そう言いながらさらに手を動かすアミスに、俺は高められていく。

「ほら、ぬるぬる♥　しこしこ♥」

彼女の手が幹から亀頭まで動いて、肉竿をしごいていく。

「裏のところやさきっぽも、んっ♥　しっかりと、きゅっきゅっ！」

「あぅ……！」

手をひねるようにして、敏感な部分を磨いてくるアミス。

その刺激に声を出すと、彼女はさらに楽しそうに責めてきた。

「ぬるぬるっ、しこしこっ……大事な所だから、念入りに洗わないとね……♥　ん、ほら、しゅっしゅっ！」

彼女の手が肉棒をしごき、気持ちよさが広がっていく。

「泡じゃないぬるぬるが出てきちゃった……んっ♥　これもしっかりと洗い流さないとね。なでなでっ、きゅっきゅっ！」

「あぁ……！　アミス、それっ……」

彼女は先走りを洗うという名目で、亀頭をしっかりと責めてくる。

その強い刺激に、腰が浮き上がってしまった。

「あぁ……♥　どんどん出てきちゃうわね……せっかく洗ってるのに、んっ♥　もうっ、ぬるぬる、なでなで、しこしこしこしこっ♥」

その容赦ない手コキに、陰嚢がきゅっとすぼまり、精液が昇りつつある。

「アミス、あまりされると、うぁ……もう、ダメだ……」

背中に柔らかおっぱいをむぎゅぎゅっと押しつけられながらの、ぬるぬる手コキで出しそうになって俺が止めると、彼女は一度手を離した。

「このままもっと綺麗にしても良かったけど……」

彼女は桶にお湯をくむと、俺の身体にかけていった。

泡が流れおちていく。

それでも当然、ギリギリまで高められた肉棒は、そそり勃ったままだ。

「リュジオのここは、もっと洗われたがってるみたい……♥」

彼女は勃起竿を眺めながら、うっとりと言った。

「でも、あまり裸でいると、身体を冷やしてしまうものね」

そう言って、俺を湯船へと誘導する。

俺は温かなお湯へと身体を沈めた。

心地よさに包み込まれる反面、肉竿のほうはまだ刺激を欲しがっている。

「お湯で身体を温めながら、続き、しましょう？」

そう言って、彼女が妖艶に微笑む。

「ああ……」

俺が頷くと、アミスも浴槽へと入ってくる。

「今度は泡だらけの手じゃなくて、私のここでリュジオのおちんぽ、洗ってあげる……んっ……♥」

彼女は俺の身体に跨がると、肉棒をおまんこの入口へと導いていった。

「ああっ、ん、はぁっ……♥」

お湯の中で、ぬぷりと繋がる。

こなれた熱い膣内が、するすると肉棒を受け入れていった。

「うっ……深い……」

うねる膣襞《ちつひだ》が肉竿を迎え入れて、絡みついてくる。どこまでも入ってしまいそうだ。

俺たちは湯船の中、対面座位で繋がった。

温かなお湯での安らぎと、熱く吸いついていくる蜜壺に包み込まれる。

「あふっ、ん、はぁっ……♥」

彼女は俺の上で、腰を動かし始めた。

「あっ、ん、はぁっ……あふっ……」

膣襞が肉竿を扱き上げてくる。

さきほどの泡まみれな手コキで寸止めされていた俺は、すぐにでもイってしまいそうだ。

「んはぁっ……あっ、ん、くぅっ……♥」

アミスのほうも、胸の押しつけと風呂場という状況で興奮していたようで、最初からハイペースに腰を動かしてくる。

お湯に浮いたその巨乳が、俺の目の前でふよふよと揺れていく。

「あんっ♥　あっ、リュジオ、んあぁっ！」

俺はその柔らかなおっぱいへと手を伸ばし、揉んでいった。

むにゅむにゅとかたちを変えていく柔肉。

先程まで背中に押し当てられていた、たわわな果実を堪能していく。

「んはぁっ、ああっ！」

浴室内に響く嬌声。

反響するそれがエロく俺の耳に届き、欲望を高めてくる。

「ああっ、ん、はぁっ……リュジオの、ん、はぁっ、逞しいモノ、んぅっ……私のアソコで、ん、はぁ、しっかりと、んぅっ♥」

アミスが腰を動かすたびに、お湯がちゃぷちゃぷと水音を立てていく。

そこに嬌声が重なり、淫猥な響きが俺の心を揺さぶった。

手には柔らかなおっぱい。

そして寸止め状態だったチンポは、彼女のおまんこで扱き上げられていく。

こんな状態で、長く保つはずがない。

俺は射精直前の気持ちよさを感じながら、風呂でのセックスに浸っていった。

「ああっ……♥　んふぅっ、くぅっ、んぁっ……♥」

彼女も大胆に腰を振って、快楽をむさぼっていく。

「ああっ。ん、はぁっ、もう、私、んっ……」

こちらへと抱きつくようにしながら、腰を揺さぶるアミス。

俺も腰を突き上げて、ラストスパートをかけていく。

「あうぅっ！　ん、はぁっ……♥　ああっ！　リュジオ、ん、くぅっ……！」

「このままいくぞ、アミス」

俺は腰を突き上げながら言った。

お湯が激しく揺れて波打っていく。

「んはぁっ♥　あっあっあっ！　ん、はぁ、あうぅっ♥」

アミスが嬌声をあげながら、強くしがみついてくる。

お湯に浮くおっぱいが目の前で激しく弾み、蜜壺が肉竿を締め上げる。

「ああっ、イクッ！　ん、お風呂の中で、あっ♥　イっちゃうっ……♥」

快感に声をあげ、膣内が肉竿をむさぼっていく。

波打つお湯とは違う、淫らな水音が聞こえるようだった。

「んはぁっ、あっ、ん、くぅっ♥　イクッ！　ん、あっあっあっ♥　イクゥッ！　ん、あああぁぁぁぁぁっ♥」

「う、あぁっ……！」

彼女が絶頂し、膣内がきゅっと締まる。

その締めつけに誘われるまま、俺は射精していった。

「んくぅぅうっ♥」

ぎゅっと抱きつきながら、中出し精液を受け入れて、嬌声をこぼす。

俺はお湯の温かさと彼女の柔らかさ、そして膣襞の蠕動を感じながら、精液を放っていった。

「ああっ、んはぁ……♥」

こちらへと身体を預けてくる彼女を抱きしめて、身体を温めるのだった。

●

フレイタージュにいた頃も、もちろん休みはあったし、なんなら作戦行動以外のときはしっかり休んでおく必要もあった。

けれどやはり復讐——そうでなくとも改革の最中ということで、気を張っていた部分はあったのだろう。

今、のんびりと森を散歩しながらそう思った。

「この先に、少し高くになっているところがあるんだ」

「そうなんだ」

隣を歩くタルヒが明るく言った。

のんびりとした雰囲気の彼女だが、俺と同じ辺境の村出身ということもあって、山を歩く足取りは軽い。

「そういえば、リュジオが狩りをするようになったのって、こっちに来てからだよね」

「そうだな」

モンスターを退治することはあったが、食事や毛皮のために獲物を捕る、というのはこの村に来てからだ。

元々は田舎騎士の生まれということもあって、狩りのような息の潜め方を知らなかったというのもある。

それは、フレイタージュで作戦行動をする際に身につけたものだ。

「仲間の中には中央に残っていた人も結構いたみたいだけど、リュジオはこっちに来てよかったみたいだね」

「ああ。こっちに来てから思った以上にゆったり出来て、自分でも驚いてる」

「元々、こういうところのほうが落ち着くもんね」

この村はもちろん、俺たちが生まれ育った村とは違う。

地理的にも遠いし、気候や文化などが違うのはもちろんだ。

けれど、中央の街にはない緩さや、自然に囲まれたところは似ている。

そういう部分で落ち着くのかも知れない。

目的を達成し、肩の荷が降りたのだろうが、都会に残っていては、ここまでくつろげなかっただろう。

あのまま残って、中央で改革に尽力するという道もあった。

彼女たちは俺がそうしたら、それはそれでついてきてくれたかも知れない。

ただ、こちらへ来てあらためて、選択は間違っていなかったと思えたのだった。

俺たちは天然の展望台になっているような、頂上付近の開けた場所へと出た。

「わっ、すごいね」

そこからは、俺たちが暮らしている村が見える。

開けた土地にぽつぽつと並ぶ家に、それよりずっと広い畑。

「小さい頃を思い出すよね」

「ああ」

昔も、彼女とよく山に登り、こうして村を見下ろすような場所にも行った。

「秘密基地とかも作ったよね。山の中にさ」

「ああ。ばれないようにって山道を外れたところに作って、怒られたやつな」

タルヒは普段いたずらをするタイプではなく、大人しく優しい女の子だった。

だが秘密基地のときは珍しく、彼女のほうが「秘密だから」と、より山の奥へと俺を連れていったのだ。

普段使う山道から離れての秘密基地作りは、ちょっとした冒険のようで楽しかった。

その結果、一日ではd完成することなく、大人たちに見つかって叱られてしまった訳だが……。

そんな風に思い出話をしながら、村を眺める。

「アミスもヴェーリエも、村での暮らしを楽しんでるみたいだし、よかったよね」

「そうだな。ヴェーリエのほうは、俺たちみたいに田舎の出身みたいだから、懐かしむ気持ちもあるみたいだし」

「聖女候補って大変そうだよね」

望んで聖女候補として経験を積む、というのなら、信仰心でそれなりに耐えられるかも知れない。

だが、ヴェーリエはそうじゃない。

才能があるからと拾われ、教会暮らしが合わなくて、つらい思いもしたようだ。それでも、貧しい村では他に行き場所がなかったのだ。

聖女候補の制約の多さは、簡単に予想できる。

「今は自由を楽しんでるみたいだし。向こうに残るより、田舎に来るっていう選択も、彼女のアイデアだしね」

「ああ、そうだよな」

そういう意味では、ヴェーリエと俺たちは、立ち位置が近いのかも知れない。

医療スキルによって、どこに居ても一定の立場を手に入れられるアミスに比べて、俺たちの場合は、とくに役立つわけでもない。

俺のスキルも戦闘に特化しすぎたせいか、使いどころが限られる。

しかしもう、「やはり中央で……」といっても、改革直後のような地位は得られないだろう。

まあ、そういうものが欲しいとは思わないし、いざとなれば中央でも暮らしていけるくらいの能力はあるから、別に構わないのだが。

そんな話をして、しばらくのんびりと過ごした後、俺たちは山を下っていく。

「それにしても、本当に人がいないよね」

「このあたりは、わざわざ通る人もいないしな」

行商人の通り道になっていれば、山道でも時折人を見かけるが、そうじゃない場所は本当に人気がない。

地元民でなければどこにモンスターが出やすいかというようなこともわかりにくいし、わざわざ危険を冒す必要もないからだ。

そうして歩いていると、不意にタルヒがいたずらっぽい笑みを浮かべた。

「誰もいないってことは……」

近づいてきた彼女が、抱きついてくる。

「外でこんなことしても、見つからないってことだよね」

「そうだな」

「むぅ、結構冷静だね」

ちょっと頬を膨らませながら言うタルヒ。

実際にも人が来ないという安心感はあるし、そもそも俺たちの関係は知れ渡っているので、隠すようなものではないけれど。

いや、野外で抱き合っているのを見せつけるような趣味はないが。

そんな俺の余裕さに対抗心を燃やしたのか、彼女の手が下へと伸びていく。

そしてズボン越しに、股間をさすってきた。

「なでなでー♪」

彼女の手が、肉竿をいじってくる。

「あっ、反応してきてる♪」

なで回されれば当然、その刺激で血が集まってくる。

いつも俺の後をついてきて、なにかとフォローしてくれるようなタルヒだが、時折こうして思い切った行動をすることがある。

エロいことに対しては特にその傾向があるようで、俺としては歓迎なのだが……。

「ふふっ、硬いのがズボンを押し上げてるよ」

そう言いながら、彼女の手がさらに股間をなで回してくる。

周囲に人の気配がないのを確認すると、彼女はかがみ込んだ。

「えいっ！」

そして下着ごと、勢いよくズボンを下ろしてくる。

「わっ、おちんちんが、びよんって出てきた♪」

俺の前にかがみ込んだタルヒの、その顔を勃起竿がかすめる。

彼女は嬉しそうにしながら、肉棒に顔を寄せていく。

「お外でこんなガチガチなおちんぽを出して……いけないんだぁ……♥」

「タルヒがやったんだろ……」

彼女は肉竿をきゅっと握る。

細い指が肉竿に絡みつき、にぎにぎと刺激してきた。

「こんな大きくしてたら、みんなのところに戻れないね」

さすがに村の中を勃起状態で歩くのはやばいが、幸い、このあたりに人はいない。

「タルヒ」

「ん、わかってるよ……。ちゃんとわたしが責任とって、この勃起おちんぽ、鎮めてあげる……ちゅっ♥」

「うぉ……」

彼女が軽く、亀頭にキスをする。

柔らかな唇の感触。

「れろぉっ……♥」

タルヒが大きく舌を伸ばして、亀頭を舐め上げる。

温かな粘膜の気持ちよさと、はしたないほど伸ばされた舌のエロい光景。

しかも野外というイレギュラーな状況で、興奮が煽られていく。

「んっ、ぺろっ……れろっ」

俺の前で腰を落とし、チンポを舐めていくタルヒ。

俺はそんな彼女の様子を見つめながら、されるがままになっていく。

「あーむっ♥」

肉竿を軽く咥え、ちゅっと吸いつく。

「ん、ちゅぷっ……♪」

「あぁ……」

敏感なところを口に含まれて声を漏らすと、彼女がさらに責めてきた。

「んむっ、ちゅぷっ……ちろろ……」

濡れた口内に包まれ、鈴口を舌先がくすぐってくる。

「ん、もっと深く、じゅぽっ……♥」

「うぉっ……！」

彼女が頭を前へと突き出し、肉棒をしゃぶる。

半ばまで口内に収められ、そのまま愛撫を受ける。

「んむっ、ちゅばっ、じゅぶっ……」

肉竿を咥え込み、はしたないフェラ顔になったタルヒ。

整った顔立ちとのギャップもまたエロく、征服欲が満たされる。

「じゅぼっ、じゅるるっ……あふっ、大きなおちんぽ♥　奥まで飲み込んで、じゅぼっ！」

喉のあたりまで肉棒を飲み込んでいく。

「んむっ♥　じゅるっ、ちゅぶっ……」

上顎に先端がゾリゾリとこすれ、気持ちよさが送り込まれる。

「あふっ……もっと激しく、じゅぶじゅぶっ、じゅぼぼぼっ！」

「うぁっ……！　そんなにされると……」

気持ちよさに腰から力が抜けそうになる。

俺はしっかりと力を入れ直して立ち続けた。

タルヒはそんな俺の反応を楽しむように、さらに勢いづいていく。

「じゅぼぼっ、ちゅぽっ……じゅるっ、ん、ちゅぶっ！」

大きく頭を動かして、その口で肉棒をしごいていく。

彼女の口元からは唾液があふれ、チンポをしゃぶるドスケベ顔をさらしていた。

「んむっ、じゅぼぼぼっ！　じゅぶっ、ちゅぅぅっ♥」

「バキュームか、うぁ……！」

吸いつかれ、思わず腰を引こうとすると、腕が俺の腰へと回ってくる。

「逃げちゃダメ♥　ん、ちゅぼぼっ！　じゅぶっ、じゅるるるるっ！」

「あぁっ……！」

逃げられないようにホールドした状態で、深くフェラを続けていく彼女。

しゃぶられ、吸いつかれ、その快感にもう限界が近い。

「タルヒ、そろそろ……」

「んっ、じゅぼっ！　イキそうなんだね……♥　じゅぶじゅぶっ！」

彼女は楽しそうに言って、こちらを追い込んでくる。

さらに激しく動いて、ますますしゃぶりついてくる。

「じゅぶぶっ、ちゅばっ、じゅぽっ！」

森の中で肉棒をしゃぶる、エロいなタルヒの姿。

卑猥な音を立てながらチンポをバキュームしていく。

「ああ、出るっ！」

その快感に任せるまま、俺は射精した。

「んぶっ！　ん、ちゅぅぅぅっ♥」

「うぉっ……！」

射精中の肉棒に、さらに吸いついてくる。

精液が口内に吸い出されて、俺は力が抜けそうになった。

彼女はそんな俺の腰をホールドしたまま、肉棒をしゃぶり尽くしていく。

「んっ……♥　はぁ……濃いザーメン、いっぱい出たね……♥」

口を離すと、妖艶な表情で俺を見上げた。

「ああ……」

俺は答えながら、そんなタルヒを眺める。

一度出したばかりではあるが、もちろんここでは終わらない。

「タルヒ」

俺は彼女に手を差し伸べて、立ち上がらせる。

そして彼女を近くの木の横へと誘導した。

「木に幹《みき》に手を突いて、お尻をこっちに差し出して」

「んっ……♥」

期待をにじませた声で返事をすると、言われたまま、側の木に両手を突いた。

そしてその丸ぃお尻を突き出してくる。

衣服がまくり上がり、布面積の小さな下着があらわになる。

「外でチンポをしゃぶって、こんなに濡らしてたんだな」

「うんっ……だって、リュジオのおちんぽ咥えてたら、お腹の奥から疼いてきちゃって……♥」

彼女のショーツは愛液で濡れて、張り付いている。

俺はその下着をずらして、秘められた花園をあらわにした。

「あぅっ……♥」

「野外でこんなぬれぬれおまんこをさらすなんて、タルヒはドスケベだな」

「んんっ……そうだね……リュジオのおちんぽ挿れてほしくて、アソコが切ないよぉ……♥」

彼女はすっかりと蕩けた声でそう言った。

そのエロすぎる姿に我慢できるはずもなく、俺は滾る剛直を膣口へとあてがう。

「あんっ♥　硬いおちんぽ、当たってる……」

「ああ、いくぞ」

「うんっ、んはぁっ！」

十分に濡れているため、俺は一気に彼女を貫いた。

熱くうねる膣襞が肉棒をスムーズに迎え入れる。

そしてそのまま、きゅっと締めつけてきた。

「んはぁっ♥　あっ、ふぅっ……」

俺は彼女の腰をつかんで、ピストンを開始した。

「あっ、ん、くぅっ……！　中、動いて、んはぁっ……」

フェラで十分に感じていたタルヒのおまんこは、最初から精液をおねだりするかのように吸いついてくる。

その気持ちよさを感じながらあ、抽送を行っていった。

「あふっ、はぁっ……んんっ……」

「そんなに締めつけて……よっぽどこれが恋しかったみたいだな」

「んぁっ♥　ん、うんっ……リュジオのおちんぽ♥　あっ、ん、いいよぉっ……♥」

可愛らしい声でそう言った。

その素直な反応に欲望が膨らみ、さらに腰振りの速度を上げる。

「ああっ♥　ん、あぅっ……！」

「タルヒみたいな清楚な女の子が、チンポをつっこまれてそんなに喜ぶなんて、村のみんなな意外だろうな」

「あぅっ、ん、リュジオだって、あっ♥　おちんぽ、いつもより太い気がするっ……♥　さっきもいっぱい……濃いの出してたのに、あっ♥」

言い返してくるタルヒの指摘は正しい。

普段とは違うセックスは、新鮮な気持ちよさがある。

「じゃあ、俺たちはお似合いってことだなっ！」

「んはぁっ♥」

ズンッと奥を突くと、彼女が身体を跳ねさせながら感じていく。

「うん……うん、そうなの！　んあっ♥　でも、そんなに突いたら、んはぁっ！」

嬌声も大きくなっていき、静かな森に響く。

「あまり大きな声を出すと、誰かに聞こえてこっちを見に来るかも知れないぞ」

そう言ってやると、膣内がきゅっと締まった。

「ああ、そんなの、ん、はぁっ……♥」

タルヒは可愛らしい反応をして、首を横に振った。

「こんなところ、誰もこないよぉ……♥　ん、はぁっ、来るときだって、誰にも会わなかったし、ん、はぁっ……♥」

口ではそう言うものの、タルヒは少し声を抑えようとしているようだ。

その素直なところが愛おしく、意地悪がしたくなってしまう。

俺はこれまで以上に膣奥を意識しながら、腰を打ちつけていく。

「リュジオ、ん、だめっ！　はぁっ♥」

木に手を突いたままのタルヒが、思わず喘いでいく。

俺はピストンの速度を上げて、彼女を責め続けていった。

蠕動する膣襞をかき分け、子宮口に亀頭でキスをする。

「んあぁぁぁっ♥　やっ、ん、はぁっ……んくぅっ！　そ、そんなにしちゃだめぇっ……声、出ちゃうからっ……♥」

「そう言いながらも、おまんこは嬉しそうに締めつけてきてるぞ」

責めるように言うと、膣道が反応してきゅっきゅと、さらに締めてくる。

「んはぁっ♥　だ、だってそんなにきもちよくされたらぁっ♥　ん、はぁっ！」

いつもとは違う野外でのプレイに、彼女も強く感じているようだ。

俺もその非日常感に浸りながら、腰を振っていく。

野外という開放感と背徳感。

それが感度を上げるかのようで、ピストンが止まらない。

「んはぁぁぁっ♥　あっあっあっ♥　もう、だめっ、イクッ！　ん、はぁっ！」

「ああ、いいぞ。ほら、外ではしたなくイけ！」

「あうぅっ♥　だめぇっ……！　ん、はぁっ、ああっ♥　おまんこイクッ！　お外で、あっ♥　イクゥッ！」

嬌声をあげて昇り詰めていくタルヒ。

俺はそんな彼女のお尻をつかんで、腰を打ちつけていく。

「んくぅっ♥　あっ、んはぁっ！　おまんこ、おまんこイクッ！　んっ、あっあっあっ♥」

ラストスパートで腰を振り、膣襞を擦り上げる。

「あうぅっ……♥　ん、はぁっ、ああっ！　イクッ！　んぅ、はぁっ♥　イクイクッ！　イックウウゥウッ！」

大きく叫びながら、彼女がついに絶頂を迎えた。

膣内が蠕動しながら肉棒を締めつけてくる。

その絶頂おまんこの締めつけに誘われるように、俺はこみ上げてくるものを感じた。

欲望のまま、タルヒの膣内をさらに奥へ。

「んあぁぁっ♥　あっ、イってるおまんこ♥　そんなにズンズンされたらぁ……♥　またイクッ！　ん、あうっ！」

「こっちも出すぞ……！」

俺はそう言いながら、射精した。

どびゅっ！　びゅくびゅくっ、びゅるるるるるっ！

二度目とは思えないほど激しく、中出しを決めていく。

「んはぁぁあっ♥　ああ、せーえき、出されてまたイクゥッ♥」

膣内を精液に叩かれて、彼女が再びイった。

うねる膣襞が肉棒を絡め取り、大量の精液を搾り取っていく。

その気持ちよさに従って、俺は膣奥へと精液を注ぎ込んでいった。

「あっ♥　ん、はぁっ……♥」

連続イキで彼女の身体から力が抜けていく。

俺は後ろから抱きしめるようにしてその身体を支え、肉竿を引き抜いた。

「んぁっ♥　あふっ……♥」

快感で腰砕けになった彼女を抱きとめながら、しばらく落ち着くのを待つのだった。


「リュジオの精液、わたしのお腹にしっかり……入ってるのがわかるよ……♥」

落ち着いた彼女は身支度を調えた後、自らの下腹のあたりをなでながら言った。

その仕草がエロく、俺は若干ムラッときてしまう。

とはいえ、さすがに二発出した後だ。

それに、ここからさらにしているともう、日が暮れてしまう。

夜の山は危険……といっても、まあ俺たちなら大丈夫なのだが、村の人たちも、帰りが遅いと思ってしまうだろう。

村の約束として、山に入るときには、お互いに知らせあっている。

余り遅いと、迷惑をかけてしまうな。

それに、身支度を調えたとはいえ、セックスの痕跡は消しきれるものじゃない。

怪しまれる前に帰るほうが賢明だ。

それに……。

「ね、リュジオ」

彼女は上目遣いに俺を見て、続けた。

「また今度、お外でしようね？」

「ああ、そうだな」

これからだって、こうするチャンスはいくらでもあるのだ。

タルヒと俺が、離れることはないだろうから。

俺たちは満足して、村へと戻るのだった。

# エピローグ　成り上がり後の隠居生活

村に移り住んでから、一年ほどの時間が流れていた。

主流になった改革派貴族の方針で、国は経済的にも明らかに豊かになっていると思う。

僻地にあたるこの村の場合、そこまでわかりやすい発展というのはまだない。

しかし、そもそもの守旧派貴族はこういった村や、庶民を虐げるような政治ばかり行っていたので、その恐怖がないだけで十分ともいえる。

また、中央を中心とした経済政策の一貫として、よそへの行き来が楽になったというのは大きい。

人が多く訪れるのは中央のような大きな街や、観光としての見所がある土地に固まっているけれど、そういった流れに合わせて街道が整備され、各地へ移動する難易度は大幅に下がっていった。

その影響もあって、こちらに知り合いが訪れる、ということも起こる。

以前の体制下ではあり得ないことだったので、予想外の喜びと言える。

かつてのフレイタージュの仲間から、今の生活や、中央の明るい話を聞くのは楽しいものだ。

彼らの多くは、ロケーラ伯爵率いる改革派貴族たちの元でそれなりの地位に就き、国を良くする力となっているようだった。

旅そのものが自由になったとはいえ、今のところはまだ、それなりの力や財力が必要だ。

それが今後は、そのハードルも下がっていき、特別な財力がなくとも旅行できる世界になっていく……そんなことを語る彼らはイキイキとしており、そうして頑張っていける場があることを嬉しく思うのだった。

そんな俺も、村での生活を楽しんでいる。

これまでのような一直線の生き方も、それはそれで、ある種充実したものだったのは間違いない。

けれど、一呼吸おいて、ゆったりと過ごす日々というものにも、様々な発見がある。

生き急いでいては見落としてしまう小さな部分を感じるのは、俺にとってもすごく新鮮で、微笑《ほほえ》ましいものだった。

そして夜には、彼女たちが俺の元を訪れる。

今日はヴェーリエがこちらへと来て、まずはお茶を飲みながら、のんびりとした時間を過ごしていく。

中央よりも長く、緩やかに感じる夜のひととき。

そうしてベッドに向かうのも、すっかりとおなじみになった。

平和になった世界で、昼間はのんびりと働いたり軽く人々と接して、美女たちと夜をすごす日常は幸せだ。

「んっ……」

ヴェーリエとキスを交わして、ベッドへと倒れ込む。

「ちゅっ♥　ん、はぁっ……」

抱き合うように横向きで転がると、再びキス。

柔らかな唇を感じながら、舌を伸ばす。

彼女は応えるように口を開くと、舌を突き出してきた。

「んむっ、れろっ……♥」

舌を絡ませ合い、互いの唾液を交換していく。

「んぁっ、ぺろっ……」

少しざらついた舌の感触が、気持ちを震わせていく。

「ん、あふっ……♥」

口を離すと、彼女は潤んだ瞳でこちらを見つめた。

抱き寄せるようにして、その身体をまさぐっていく。

「んっ……」

小さく声を漏らすヴェーリエ。

俺はそんな彼女の、豊かな胸へと手を伸ばしていった。

「あんっ……」

軽く身じろぎをしつつ、俺の手を受け入れる。

お互いに姿勢を変えて、仰向けにした彼女に覆い被さった。

そして、その両胸を揉んでいく。

「んぅっ……」

柔らかな感触が服越しにも伝わってくる。

彼女の大きなおっぱいは、仰向けになっても十分な存在感をもっていた。

服越しでも心地いいことに変わりはないが、欲望に従って彼女の服を脱がせていく。

軽く背を上げて協力してくれるヴェーリエを見つめながら、まずは上半身を脱がせた。

服越しでも目を惹くそこだが、直接となるとより際立っている。

その大きなおっぱいに、改めて手を伸ばした。

「んんっ……」

つややかな肌に触れると、彼女が小さく声を出す。

そして柔らかな双丘が俺の手を受け止めて、かたちを変えていった。

「あふっ、んんっ……」

ヴェーリエの控えめな声が、どことなく背徳感を覚えさせる。

俺は丁寧にその双丘を揉んでいった。

「あっ……ん、はぁ……」

漏れる艶めかしい吐息。そして両手に収まりきらない、柔らかなおっぱい。

その豊満さとハリを堪能していく。

「んぅっ……ふぅっ……」

指の隙間からあふれる乳肉もいやらしく、興奮を煽っていく。

初めてこの胸に触れてから幾度となく身体を重ねてきたけれど、いつまでも触れていたい極上の感触だ。

「あふっ、リュジオ、んっ……♥」

色を帯びていく彼女の声も、心地よく耳朶を打つ。

そうして触れていると、柔らかな双丘の頂点で、突起が主張し始めていた。

「ヴェーリエ」

彼女の名を呼びながら、その立ち上がった突起を指先でいじる。

「んぁっ♥」

甘い声を漏らした彼女が敏感に反応し、乳房が揺れる。

俺は乳首を指先でいじりながら、手のひらで双丘の柔らかさを楽しむ。

「あっ……ん、はぁっ……♥」

だんだんと艶やかさを増す彼女の声を聞きながら、愛撫を続けていった。

「んくっ、あぁ……そんなに乳首ばかり責めないで、んっ……」

そう言って、小さく身体を揺らすヴェーリエ。

足を擦り合わせるようにしながら、潤んだ瞳で俺を見上げる。

「それじゃ、どこを責めてほしいんだ？」

意地悪に問いかけると、彼女は小さく頬を膨らませる。子供っぽくもある仕草だが、快感に顔を朱に染めている彼女がすると、それすらも淫猥に感じられた。

彼女はその問いかけには答えずに、俺を抱きしめる。

抵抗せずに身を寄せると、ヴェーリエは自らの足を俺の足へと絡めてきた。

抱き寄せられて身体に押しつけられるおっぱいの感触と、絡められた足のなまめかしさに、俺の欲望も膨らんでいく。

「いじわる……」

耳元でささやくような彼女の声。

理性が溶かされ、俺は彼女にキスをすると、身体を浮かせた。

「あまり可愛いことばかりしてると、荒々しくなるぞ」

そう言うと、ヴェーリエは少し恥ずかしげな、けれど妖艶な笑みを浮かべた。

「いいよ」

彼女の目が俺を見つめ、濡れた唇がこちらを誘う。

「リュジオの欲望で、あたしを好きにして」

その愛らしさに、俺は彼女の残った服を剥ぎ取るように脱がせていった。

すぐに生まれたままの姿になってしまうヴェーリエ。

細身で小柄ながらも、女らしさをたたえた彼女の身体。

すっと一本通っている割れ目へと指を這わせる。

「んぅっ……♥」

可愛らしい声とともに、指先には水気を感じる。

軽く往復させてやると、愛液があふれてくる。

「あぅっ、リュジオ、んっ……♥」

俺は彼女の足を開かせて、身体をその間へと滑り込ませる。

足を開かせたことで、慎ましやかな花園も口を開く。

いやらしく濡れたその花弁の内側。ピンク色の内襞が、卑猥にひくついてこちらを待っていた。

俺は自らの服を脱ぎ捨てると、もう滾っている剛直をさらす。

「あっ……♥」

彼女の目がその肉棒を捕らえて、期待に潤む。

見せつけるように腰を突き出すと、ヴェーリエは小さく息をのんだ。

俺はその滾る剛直を、開かれて蜜をあふれさせる膣口へとあてがった。

そして彼女を見つめながら、ぐっと腰を突き出していく。

「んはぁっ……！」

ぬぷり、と肉竿が彼女の膣内へと飲み込まれていく。

膣道を押し広げて奥へと進むと、蠢動する襞が締めつけてくる。

「あっ♥ ん、あぁっ……！」

小さな身体にふさわしい、狭い膣道の締めつけ。

その気持ちよさを感じながら、彼女と目を合わせる。

「んぁっ♥」

小さく声を上げて、膣内がきゅっと反応する。

「そんなに見つめられると、んんっ……」

恥じらいを見せる彼女に、俺の欲望がさらに膨らむ。

ゆっくりと腰を動かし始める。

「あんっ、ん、あぁ……♥」

ずりゅっ……と膣襞と肉棒がこすれ合う。

たっぷりの愛液でスムーズに動けるが、襞のほうはしっかりと肉棒に絡みついてくる。

「あっ、ん、はぁっ……！」

膣内を往復すると、彼女の口から嬌声が漏れていく。

腰振りに合わせて揺れる彼女の身体。その動きに任せて、揺れる大きなおっぱい。

「ああっ、リュジオ、ん、あふっ！」

自然と腰のペースが上がっていき、彼女の喘ぎ声も大きくなっていく。

「あんっ、ん、はぁっ……あぅっ！」

蠕動する膣襞を擦り上げながら、往復していく。

「あっ、ん、はぁ、中、すごいっ……♥ ん、リュジオのが、いっぱい、んはぁっ♥」

感じるヴェーリエへ、愛しさをこめながら腰を打ちつけていく。

「んはぁっ！ あっ、ん、あぁっ♥」

俺の身体の下で、淫らになっていくヴェーリエ。

日の下で見る明るい笑顔とは違う、女の顔。

俺だけが知っている、彼女の姿。

その優越感とありのままの女性に、俺は突き動かされるように腰を振っていった。

「んあぁっ♥　奥っ、あたしの一番深いところに、リュジオのが当たって、んぅっ♥」

肉竿の先端が、降りてきた子宮口を突いた。

くにっとそこへ触れると、膣道がきゅっと締まる。

「ああっ、すごい……あたしの全部、んっ♥　リュジオのモノに気持ちよくされて、ん、はぁっ、あっ……♥」

「うっ……」

感じる彼女に応えるように、膣内も反応していく。

その快感に思わず声が漏れてしまい、俺は膣道を味わい尽くすように、腰を動かしていった。

「んはぁっ♥　あっ、はぁ……んぅっ！」

蠢動する襞を擦り上げながら、抽送を行っていく。

肉棒が蜜壺の中をかき回し、淫らな水音を響かせる。

「ああっ、ん、はぁっ……リュジオ……♥」

彼女はうっとりと俺を見つめた。

「ちゅっ……♥」

その唇にキスをしながら、控えめに腰を振っていく。

「んっ……んぅっ、んぁ……♥」

重ねた唇で押し殺される嬌声は、背徳的な喜びで刺激してきた。

速度を落とすと、彼女の膣内をより感じられる。

絡みつく襞がゾリゾリと肉竿を擦り上げ、ぐっと腰を押し出すと、子宮口がくぽっと先端を咥えるように動く。

「んはぁっ……ああっ♥」

唇を離すと、彼女の口から甘い声があふれ出す。

ピストンにあわせて揺れる胸へと目を落としながら、再び抽送のペースを上げた。

「ああっ♥　あたし、もう、ん、イっちゃうっ……♥」

彼女がそう言うと、裏付けるかのように膣道が収縮し、肉竿を締めつける。

俺は欲望のまま腰を打ちつけていった。

「んはぁっ！　あっあっあっ♥　もう、イクッ！　リュジオのおちんぽが、あたしの奥まで来て、んぅっ、はぁっ、ああっ……♥」

「ああ、いいぞ。ぐっ……！」

蠕動する膣襞の気持ちよさに限界が近いのを感じながら、腰を突き出す。

「んぁっ、あっ、イクッ！　あっあっあっあっ♥　んぅ、んあぁぁぁぁっ♥」

彼女が絶頂を迎え、びくんと身体を跳ねさせた。

「うぉ……！」

膣道が収縮し、肉竿を求めてうねる。

襞が肉棒を奥へと誘うように震え、快感を膨らませていく。

俺はその絶頂おまんこをさらに突いていった。

「んはぁっ♥　あっ、んっ、イってるのに、そんなに突いちゃだめぇっ……♥　あたし、ん、はぁっ、ああっ！」

「ヴェーリエ……」

俺は彼女を呼びながら、腰を振った。

「あふっ、ん、はぁっ、ああっ♥」

嬌声をあげながら、乱れていくヴェーリエ。

イったばかりの膣内は、それでもさらなる快感を求めるかのように、肉竿に絡みつき、扱き上げてくる。

「リュジオ、きて、あたしの中に、いっぱい、ん、はぁぁっ♥」

「うぉ、ヴェーリエ……」

彼女はその足でがばりと俺の腰を引き寄せた。

子種をねだるドスケベな行為に、俺の興奮も高まっていく。

もう我慢できない。

熱いものが駆け上ってくるのを感じた。

「ああ、このままいくぞ」

俺はその期待に応えるべく、彼女の膣奥を突いていった。うねる膣内を往復し、腰に絡みつく彼女の足に誘導されるまま、亀頭で子宮口へと荒々しいキスをする。

「全部、とろかされちゃうっ！　気持ちよすぎて、んぅっ♥　はぁ、あたし、んはぁっ！」

子宮口がくぽりと肉棒を咥え込み、精液をねだるようにバキュームしてくる。

膣襞が蠢動して肉竿を絞るように収縮した。

「出すぞ……！」

ドビュッ！　ビュククッ、ビュルルルルルルッ！

俺はあふれる欲望を、彼女の膣内で放っていく。

「んはぁぁぁぁっ♥」

子宮へのゼロ距離射精。肉棒が跳ねながら、彼女の最奥へと精液を放っていく。

ヴェーリエの足がさらにきつく、俺の腰を引き寄せる。

「んぅぅっ♥　あたしの中、リュジオの精液でいっぱいにされてるっ……♥　気持ちよすぎて、あたし、ん、はぁっ……♥」

膣内も余さずに精液を搾り取ってくるようだ。

俺はしっかりとその子宮へとザーメンを注ぎ込んでいく。

「あっ♥　ん、はぁ……♥」

そして長い射精を終えると、倒れ込むようにして彼女を抱きしめた。

「んっ♥　あふっ……」

彼女も俺の身体に手を回して、抱き返してくる。足を腰へと絡みつかせたままの格好で抱きついてくるヴェーリエに、かわいらしさとエロさを感じた。

重くないように身体を横にずらすと、彼女がこちらを見つめる。

至近距離で見つめ合うと、顔を赤くした彼女が言った。

「あたしの全部で、リュジオを感じてる……♥」

彼女の体温と柔らかさ。

そしてまだ肉竿を締めつける、熱い膣内。

ヴェーリエを抱きしめ、繋がりながら、心は幸福で満たされていく。

俺はただただ、彼女の身体を深く感じていった。


かつての場所から遠く離れて――。

タルヒに支えられ。

アミスに癒やされ。

ヴェーリエに未来を貰って。

俺の復讐は終わりを告げて、幸福な生活が今、始まったのだった。

END

# あとがき

みなさま、こんにちは。もしくははじめまして。赤川ミカミです。

これを書いている時点ではまだ年末なのですが、この本がみなさまのお手元に届く頃には年も明けていることと思います。本年もよろしくお願いいたします。

学生時代ほどには、新しい一年に大きな変化を感じるわけではないのですが、せっかくの区切りということで、目標を立ててみたり生活習慣を振り返ってみたりするのもいいかもしれませんね。運動不足の解消を、今年一年とはいわずとも、一ヶ月くらいは意識できていたらいいな、と思います。


今作は、守旧派の貴族たちに故郷を焼かれた主人公が、本来ならサポートスキルである「増強」を邪道使いして、復讐を成し遂げる話です。


そんな本作のヒロインは三人。

まずは幼なじみであるタルヒ。

主人公同様に故郷を焼かれた彼女は、主人公が組織に入るときにもついてきて、側で支えてくれる存在です。

主人公ほどには復讐を意識していない彼女ですが、神出鬼没気味に現れては面倒を見てくれます。

次に組織で女医をしているアミス。

主人公の主治医となった彼女は、復讐にとらわれすぎていた彼のストッパーでもあります。

医療系のハイレベルスキルを持っているので、組織でも重宝される存在であり、反体制活動でも常に注目を集めています。

最後は、聖女候補であるヴェーリエ。

優れた勘と気配を読む力によって、様々なものを見通しているようにも感じられる彼女は、その能力から聖女候補として育てられています。教会の閉じられた環境を嫌って逃げ出してきた彼女は、主人公と出会い、組織に合流してからは、年相応の姿を見せていくようにもなります。


それでは、最後に謝辞を。

今作もお付き合いいただいた担当様。いつもありがとうございます。またこうして本を出していただけて、本当に嬉しく思います。

そして拙作のイラストを担当していただいた218様。本作のヒロインたちを大変魅力的に描いていただき、ありがとうございます。特にカラーイラストの、ハーレムらしい豪華感で密着しているヒロインたちが素敵です！

最後にこの作品を読んでくれた方々。過去作から追いかけてくれた方、今回初めて出会った方……ありがとうございます！

これからも頑張っていきますので、応援よろしくお願いします。

それではまた次回作で！

二〇二二年一二月　赤川ミカミ

キングノベルス
サポートスキル『増強《ぞうきょう》』を悪用《あくよう》して
成《な》り上《あ》がり復讐《ふくしゅう》ライフ！

2023年 1月 27日　初版第1刷 発行

■著　　者　赤川ミカミ
■イラスト　218

発行人：久保田裕
発行元：株式会社パラダイム
〒166-0004
東京都杉並区阿佐谷南1-36-4
三幸ビル4A
TEL 03-5306-6921
印刷所：中央精版印刷株式会社


KN108

第三王子の俺とフィアンセの仲を妹が（性的に）邪魔をする!?
愛内なの
画：あきのそら
癒やしの王女とブラコン美少女
姫＋姫は愛妻づくし!?
婿入り先は！
ハーレムでした♥
武才に恵まれたアルシュだったが、平和な時代ではそれも活かせず、第三王子の責務として隣国に婿入りすることに。影では厄介払いとまで言われたが、婚約者のフラーム姫は穏やかな美女で、彼を暖かく迎えてくれた。後を追ってきた妹のパラティも尽くしてくれて、かつてないほど充実した日々に！

才能なし努力家の第一王子に転生した結果
英雄ハーレム完成!
SSS《有能美貌》な仲間と共に!
無用王子が疾風迅雷♥
第一王子として恵まれた異世界転生をしたはずのフォルツ。しかしスキルに恵まれず、王族としての評価は最低だった。そんな境遇であっても気にせず努力を続けた彼は、魔女ネーフィカや姫騎士ミューチとの出会いでチャンスを掴み取り、聖女ピエタも加えたハーレムな日々を過ごしていくことに!
愛内なの
Nano Aiuchi
illust: 黄ばんだごはん

最強メイド三姉妹の完璧ご奉仕
戦闘も性処理もすべて私たちにお任せ下さい！
甘えることも主人の仕事！
頼れるメイドに、お任せあれ♥
愛内なの
Nano Aiuchi
illust:218
伯爵家の後継者であるランドーだったが、その怠け者気質を咎められ、修行の度に出されてしまう。しかし、彼に仕える幼馴染みのメイド三姉妹も一緒に来ることになり、不安は一気に消し飛んだ。家事も護衛も完璧で、夜伽も最高なメイドたちとの旅は快適すぎて!?